当代作家精品
寓言卷
主编 凌翔

花言鹊语

王宏理

著

北京燕山出版社

图书在版编目（CIP）数据

花言鹊语 / 王宏理著 . — 北京 : 北京燕山出版社，
2022.1
ISBN 978-7-5402-6248-8

Ⅰ.①花… Ⅱ.①王… Ⅲ.①寓言—作品集—中国—
当代 Ⅳ.① I277.4

中国版本图书馆 CIP 数据核字（2021）第 225442 号

花言鹊语

责任编辑：杨春光
封面插图：贾如丽
内文插图：黄三枝
装帧设计：陈　姝
出版发行：北京燕山出版社有限公司
社　　址：北京市丰台区东铁匠营苇子坑 138 号嘉城商务中心 C 座
邮　　编：100079
电话传真：86-10-65240430（总编室）
印　　刷：北京军迪印刷有限责任公司
开　　本：710 × 1000　　　1/16
字　　数：297 千字
印　　张：23
版　　次：2022 年 1 月第 1 版
印　　次：2022 年 1 月第 1 次印刷
标准书号：ISBN 978-7-5402-6248-8
定　　价：98.00 元

序

薛贤荣

　　王宏理的第一本寓言集《花言鹊语》就要出版了，可喜可贺！他的寓言起步早、质量高，我在20多年前就在报刊上陆续赏读过他的寓言，最近又集中研读了他收入集中的大部分佳作，颇有收益。

　　我对寓言这种文体情有独钟，阅读、创作、评论、研究，从未间断。我阅读别人的作品，首先是为了充实自己。在阅读中有些感触，有时也忍不住写些评析短文，也为几位朋友和学生的寓言集写过序言。日积月累，迄今已写下20余篇了。我给金江写的评论，最初发表于《枣庄师专学报》，后被收入樊发稼老师选编的《金江寓言评论集》（海燕出版社出版），又收入了《金江文集》（中国戏剧出版社出版）；我给邝金鼻写的寓言评论和童话评论，被收入《邝金鼻文学作品评论集》（新世纪出版社出版）；我给吕德华写的评论初发于《天津日报》，后收入《吕德华寓言童话作品精选》（百花文艺出版社出版）；我给钱欣葆写的评论初发于《中国儿童文学》，后被作为他的寓言集序言；我给高洪波写的诗歌评论（其中涉及寓言诗），先后发表于《中国少儿出版》和《文艺报》……这些评论文字得到了作者和编辑的认可，使我感到欣慰。

　　即使如此，我对写序或写评论还是心有畏惧，因为每个成熟的作家都有自己独特的风格和创作手法，如不深入研究，是很难准确把握的。针对寓言写评论或写序很难，因为寓言是一种早熟的文学样式，"寓言的表现手段有限"（黄瑞云语），形式相对固化，创新殊为不易，而翻新模仿之作又层出不穷，这就使少许闪光之作不易被评论家发现。

王宏理寓言的闪光点在哪里呢？

首先是角色选取的广泛而准确。在他的笔下，花鸟虫鱼、飞禽走兽、自然现象、各色人物，甚至一些抽象的概念，都被写进寓言中。这些角色的"物性"特征，大多贴切而准确，可见作者有丰富的知识储备，读书多、涉猎广，善于思考，善于观察自然、观察社会，这与他丰富的生活经历和敏锐的感受力是分不开的。

就动植物与自然万物角色而言，王宏理选得最多的是农村中常见的鸡鸭鹅猫猪狗驴马牛，树木花草庄稼，以及天空大地日月星辰，等等。这些角色在他的笔下大都栩栩如生，活灵活现。显然，这与他长期在农村生活、工作，与这些角色有一种天然的亲近感有关。例如《最大的敌人》，通过猫、驴、羊之间的对话，揭示了不同动物自身的弱点及其生存之道，故事背后的哲理由此产生。再如《自豪的蚂蚁》，通过小蚂蚁捕获大青虫的场景，自然而然引出"集体的力量无穷"这一道理。

值得一提的是，王宏理抓住某些"物"最显著特征的一个侧面，将故事情节高度浓缩甚至省略，而将关键的一点放大，写出了一批言简意赅的微型寓言，这些寓言耐人寻味，可供驰骋想象的空间更大。下面几则是其中的佳作：

蒲公英

不扎根大地的怀抱，

一生只能随风飘摇。

松树

根，越弯弯曲曲往深里扎；

干，越笔笔挺挺朝高处耸。

水仙

从不向人苛求什么，

一盆清水就是扎根的土壤；

从不在乎外界怎样，

总是在寒风里吐露芬芳……

向日葵

从春到夏，始终骄傲地昂首。

秋日，你成熟了，

这才沉思着低下谦逊的头……

　　角色"物性"的准确只是一方面。另一方面，还要考虑到"物性"能否准确表达寓意，即角色的外在特征与内在特征是否一致。纵观他的作品，基本是规范达标的。

　　就人物角色而言，较有特色的是一组以中国古典名著中的人物形象为角色的故事新编式的寓言。这组寓言中的愚公、杞人、宋江、杨志、孔明、司马昭、悟空、八戒等，既保留了原著人物的性格和处事方式，又不拘泥于原有的框架，被赋予新的神韵。

　　角色是人物形象的基础，而人物之间的互动，构成了寓言故事。会讲故事、讲好故事，是寓言家必须具备的本领。王宏理是位会讲故事的寓言家。他的故事能给读者以真实的感觉，与生活非常贴近，同时还浸透了自己的真情实感，因而显得亲切，容易被读者认同。如《启明星》：

　　半夜时分，启明星打了个哈欠，说："满天都是星星，少了我一个也无所谓。这寒冷的天，我为什么非要站在这里呢？"

　　一颗大星星忙阻止他说："你怎么能想溜呢？如果大家都随随便便擅离职守，夜空就会变得一片漆黑的。"

见启明星还是一副心不在焉的样子，那颗大星星又说："我们每颗星星都有自己的位置，都应坚守在自己的位置上，努力地燃烧，认真地发光，这样星空才能变得无比灿烂、美丽！"

启明星举目四望，见大家都冲他眨着鼓励的目光，顿时不好意思起来，就冲大星星说："谢谢你给我提醒，我差点成了一个懒惰、自私的逃兵。"说罢，他抖擞起精神，站稳了脚跟，变得越来越大、越来越亮，成了现在令人瞩目的启明星。

写出好故事只是寓言创作的基础，而寓意则是寓言的灵魂，正如苏联评论家维果茨基所说："寓意自然是寓言结构的第一要素。"故事与寓意的结合，是灵与肉的结合。缺乏好故事，寓意就失去了根基；缺乏好寓意，故事就失去了支柱。王宏理在处理二者关系的手法上是值得称道的。例如《月牙儿》通过月亏月圆的自然变化以及月亮与星星的关系，寥寥数语，既构建了一个耐人寻味的故事，又揭示了人类嫉妒心理的丑陋。再如《拉车的启示》通过黄牛、黑驴和花马齐心协力共同拉车的故事，揭示了团结力量大的普遍真理。

作为一个寓言家，对永恒真理的不懈追求，是其应负的使命。但寓言家不应该满足于转述真理，而应该通过自己的眼光，对当前的社会现象迅速反映，对日常复杂多样的生产生活问题加以哲理性的思考与理解，从而发现真理。纵观王宏理的寓言创作，他的作品中的寓意，基本上来源于他所熟悉的生活现象，是可信的，也是可亲的。

在王宏理的作品中，系列寓言占有很大比例。系列寓言是指在形象、故事、题旨等诸方面的某一点上有相关之处的一组寓言。许多寓言作家都有系列寓言作品问世。王宏理的系列寓言有其独特的艺术追求，从形式上看，严整规范，每个系列都有总题和分题。一般每组三篇，紧扣角色特征，寓意密切相连，情节不枝不蔓，读起来引人入胜，既有悬念，又不拖沓，是系列寓言中的典范之作。

寓言诗同样占有很大比例。我一直认为，寓言诗不好写，也不好评。其难点之一在于，诗的核心是抒情，这个"情"要具有独特性，寓言的核心是叙事并最终揭示寓意，这个寓意要具有普遍性。

不错，叙事诗也是叙事的，但优秀的叙事诗的叙事部分总是高度浓缩，并不追求完整的情节，而抒情部分则一唱三叹，反复吟哦。以《木兰诗》为例，"将军百战死，壮士十年归"，多年的战争生活一带而过，而表明木兰从军决心的部分，则反复吟唱："东市买骏马，西市买鞍鞯，南市买辔头，北市买长鞭。"凭常识我们就知道，这些东西可以从一个地方买到，不必跑遍全城。诗人为什么这样写？便于抒情而已。在诗里，强烈的主观感情可以使客观事物变形。

其难点之二，诗强调主观，寓言则强调客观。诗中的景、物、事无一不带有强烈的主观色彩，而寓言要揭示客观真理，即使营造了一个假定的寓言世界，也要给读者以真实可信的感觉。也就是说，寓言里的故事是虚构的，但需要给读者以真实的印象。

总之，我认为寓言诗和散文体寓言的根本区别在于：前者在歌唱一个故事，后者在讲述一个故事。

真正优秀的寓言诗，总能抓住那些既有诗意又有寓意的题材来表现，作者既需要有激情又需要有哲思。单有激情，可以成为诗人，但不一定能写好寓言诗；单有哲思，可以成为寓言作家，但同样不一定能写好寓言诗。

寓言诗的文体规范如此严格，所以，古今中外成功者不多。克雷洛夫和拉·封丹是成功的寓言诗人，但他们的作品中有相当部分缺乏诗意。寓言诗在中国也有悠久的传统，寒山子、杜甫、白居易、刘禹锡等人都写过很好的寓言诗，但数量不大，他们也不以专门的寓言诗人的身分出现在文学史上。

由此看来，立志写寓言诗的作者，是需要有勇气的。而写出成功的寓言诗，则需要有天赋。王宏理的寓言诗，并非无懈可击，但基本上可以说是符合文体规范的。例如《老虎钻火圈》：

不见往日那般凶猛，
失去兽王山中威风；
钻过火圈仅凭一跃，
观众喝彩无动于衷！

安心叼起一块牛肉，
美美嚼着眯着眼睛；
有了牛肉这份好处，
情愿缩进仄小铁笼！

由此可以看出，他的寓言诗大多简短，大致押韵，节奏鲜明，朗朗上口，诗意与哲思皆备。我觉得，如果王宏理能在寓言诗上再下点功夫，是会有可观成绩的。

王宏理痴情文学，对寓言情有独钟，它不仅自己创作寓言，而且利用一切机会宣传推广寓言，他在编辑报纸副刊时，开设寓言专版，还以一人之力，编印《寓言文学》报，创办寓言文学公众号，对于中国当代寓言的发展，尽了一份力。他如今正当盛年，精力充沛，思维活跃，是出成果的大好时期。祝他不断有更多更好的寓言精品问世。

2020 年 3 月 22 日 于合肥书香苑

目　录

第二辑 寓言新编

第三辑 系列寓言

第一辑　传统寓言

启明星

半夜时分，启明星打了个哈欠，说："满天都是星星，少了我一个也无所谓。这寒冷的天，我为什么非要站在这里呢？"

一颗大星星忙阻止它说："你怎么能想溜呢？如果大家都随随便便擅离职守，夜空就会变得一片漆黑。"

见启明星还是一副心不在焉的样子，那颗大星星又说："我们每颗星星都有自己的位置，都应坚守在自己的位置上，努力地燃烧，认真地发光，这样星空才能变得无比灿烂、美丽！"

启明星举目四望，见大家都冲它眨着鼓励的目光，顿时不好意思起来，就冲大星星说："谢谢你给我提醒，我差点成了一个懒惰、自私的逃兵。"说罢，它抖擞起精神，站稳了脚跟，变得越来越大、越来越亮，成了现在令人瞩目的启明星。

月牙儿

一弯月牙儿升上了天空，它旁边的一颗小星星高兴地说："你终于又变成月牙儿了，我希望你天天都变成月牙儿！"

月牙儿不解地问："我该圆时就圆，该缺时就缺，你为什么希望我天天变成月牙儿呀？"

小星星冷冷地说："因为只有当你变成月牙儿时，人们才会看到我！"

白云和珠穆朗玛峰

一朵白云看着巍峨耸立的珠穆朗玛峰，无限感慨地说道："珠穆朗玛峰啊，我飘过千山万水，认为天下没有比你更高的山峰了。"

"不不不，"珠穆朗玛峰谦逊地说，"还有比我更高的。"

"不可能，"白云肯定地说，"还会有谁比你更高呢？"

珠穆朗玛峰爽朗地笑着说："是人——人比我更高！因为我常被那些伟大的登山者踩在脚下。"

刺猬的本领

老虎说："山羊呀、野兔呀、斑马呀……这些动物身上的毛都是毛茸茸、软乎乎的，你怎么长一身又硬又尖的毛呀？"

刺猬道："能把一身毛长得又尖又硬，这才是本领呵。"

老虎问："这算什么本领？"

"这本领可大了！"刺猬说，"就是凭着这一身过硬的本领，我才能在这个世界上生存啊！"

假山和假币

假山很谦虚地说："我是人用石块垒起来的，称我是'山'真是愧不敢当，要叫就叫我假山吧！"

假币大言不惭地说："我的尺寸、我的图案、我的币值，这些都与真币一样，怎么能叫我假币呢？"

——越是心里有鬼的人，越喜欢掩饰；越是心胸坦荡的人，越敢直面自我。

梯子的公告

即将退休的梯子对新来的梯子说："这是我多年来总结的教训，希望你有机会告诉那些热衷于仕途的人——

一

"好不容易爬上去了；
下来，往往只需一失足！"

二

"爬得越高，摔得越狠！"

三

"能顺顺当当下来的，多是廉者、智者！"

千里马的朋友

鞭子说："我对马有时很严厉，常是快马加鞭，不停地抽打它，以让它跑得更快！"

缰绳说："我对马有时很无情，常在它最得意撒欢时强令它停止，以防失蹄或坠入深渊！"

"这才是真正的朋友应该做的！"千里马感激地说。

蝴蝶和蜜蜂

蝴蝶："蜜蜂老弟，看你们从这一朵花飞向下一朵花，慌里慌张急什么呀？"

蜜蜂："花期短暂，我们要赶紧采花粉，万一花谢了，就没有机会采蜜了。"

蝴蝶："还是歇息一下吧，反正花儿多得是，今天采不完明天可以继续。"

蜜蜂："今天能干的不能推到明天，万一夜间吹一阵大风下一场暴雨，所有的花有可能都会泡汤。到时后悔可就晚了。"

重修龙门

　　一条身强力壮的鲤鱼跳过龙门，果然成了叱咤风云的龙。《海洋卫视》的蟹记者用螯夹着话筒采访道："您从鲤鱼一跃成龙，实现了自己的理想，可喜可贺。请问您下一步有何打算？"

　　龙将了一下胡须，高傲地说："要说下一步的打算，不瞒你说，我准备重建龙门！"

　　蟹记者不解地问："龙门好好的，为什么要重建啊？"

　　龙摇头摆尾地说："我要把龙门修建得更高！"

　　蟹记者仍不解地问："龙门本来够高的了，您若再修建得更高，鲤鱼们跃而成龙的希望会更渺茫的。"

　　龙捻着胡须，冷笑道："这就是我重修龙门的目的！"

虎·金钱豹·羊

虎不可一世地说："我有的是至高无上的权力，看见我额上的'王'字吗？这就是权力的象征！"

金钱豹也趾高气扬地说："我有的是能通鬼神的金钱，看见我身上的花纹了吗？这就是金钱的标志！"

"你们有的，我全没有，但我从不眼红！"羊平静地说，"而我有的，你们也绝对没有！"

"你有什么？"虎和金钱豹同时问。

"一颗善良的心！"羊坦然地回答。

最大的敌人

猫问驴："世界上最大的敌人是谁？"

"是我们自己！"驴说，"就拿我来说吧！如果我能战胜自身的懒惰思想，就不会挨鞭子了！"

猫又问羊："世界上最大的敌人是谁？"

"是我们自己！"羊说，"就拿我来说吧！如果我能战胜自身的懦弱性格，就不会怕恶狼了！"

……

猫终于明白了：原来世界上最大的敌人就是自己，只有战胜自身的弱点，才能战胜世界上所有的困难！

蚯蚓和蝼蛄

蝼蛄在田地里钻来钻去，碰巧遇见了蚯蚓，便问："兄弟，你在忙活什么呢？"

"疏松土壤！"蚯蚓回答。

"这么说，咱俩还是同行呢！看，我不是也在土壤里忙忙碌碌吗？"蝼蛄说。

"凡事不能光看表面现象！"蚯蚓一针见血地说，"从表面上看，咱俩的工作一样，但我们却有本质的区别——我疏松土壤，能使庄稼更好地生长；而你钻来钻去，是在咬噬庄稼的根茎，以满足自己的肚子需要！"

蝼蛄见自己的老底被揭穿，慌忙钻进土层不见了。

麻雀的议论

百灵鸟在林间尽情地唱着歌，它婉转的歌喉赢得了大伙的阵阵赞美。几只麻雀听不下去了，就纷纷指责起百灵鸟来。

"她这是自我卖弄！"一个说。

"她这是臭美！"又一个说得更难听。

"别在背后瞎议论别人！"雄鹰冲麻雀说，"有意见当面提呀！"

麻雀看见雄鹰威严的目光，一个个都缩头夹尾地飞走了。

"自己没啥能耐，反而对别人说三道四，真是可恶而又可耻！"雄鹰说罢又为百灵鸟喝彩去了。

喜鹊和乌鸦的对话

喜鹊："在百鸟中，什么颜色的羽毛最漂亮？"

乌鸦："黑色羽毛！"

喜鹊："在百鸟中，什么样的嗓音最中听？"

乌鸦："哇——哇——"

喜鹊深思了一下，豁然明白了："说了半天，原来都是你们乌鸦哪！"

"当然！"乌鸦大言不惭地说，"在我们心目中，当然只有我们乌鸦才是最优秀的！"

毒蛇的高论

　　毒蛇碰见了刺猬，它想拿刺猬充饥，可又怕刺猬身上的尖刺刺穿了它的肚皮，于是说："刺猬老弟，你哪儿都好，就是身上的刺讨人嫌！你看我的身上，多么光滑漂亮！"

　　刺猬识破了毒蛇的用心，就说："是啊！我也想把这身刺儿拔掉！"

　　"现在拔行吗？"毒蛇问。

　　"可以！"刺猬说，"但我有个条件！"

　　"什么条件？"毒蛇急切地问。

　　"先把你嘴里的毒牙拔掉！"

　　毒蛇听了刺猬的话，瞪了刺猬一眼，气呼呼地爬走了。

白猫和灰猫

女主人弄来两只猫，一只白猫，一只灰猫。

白猫整天跳上跳下，喵喵叫个不停，女主人以为它在卖力捕鼠，就扔给它一条小鱼作为奖励；而灰猫白天呼呼睡大觉，到了夜晚精神抖擞地去捉老鼠，女主人看不到灰猫夜间的功劳，只看到它白天睡懒觉，就以为灰猫偷懒，于是经常让灰猫尝她皮鞋的滋味。

后来，男主人看出了门道，说："原来干活的默默无闻、任劳任怨，而不干活的却在口口声声邀功领赏啊！"说罢，把白猫踢出门外，把灰猫抱在怀里。

漩涡·暗礁·小船

漩涡："划过来吧，看我怎样一口把你吞掉！"

暗礁："划过来吧，看我怎样一下把你撞个粉身碎骨！"

小船谨慎地绕过一个个漩涡和一处处暗礁，欢快地向风平浪静的码头驶去。

漩涡："这次算你走运，下次一定会让你葬身于此！"

暗礁："对，下次再经过这里，定让你有来无回！"

小船回过头来，笑着答道："只要拥有敏锐的眼光，就可把隐藏的阴谋看透；只要具备过人的胆识，就能将艰险甩在身后。"

黄鼠狼的真面孔

一天夜里，黄鼠狼捉了一只老鼠，它拖着老鼠到处喧嚷："大伙瞧瞧，我捉了一只大老鼠！它正从鸡窝里偷鸡蛋呢，被我当场拿获。"

于是黄鼠狼受到大家的一致好评。

又有一天夜里，黄鼠狼咬了一只母鸡，它不声不响地趴在墙角正啃得满嘴流油，一只狗扑了过来，说道："你捉了老鼠就到处宣扬，现在捉了母鸡，怎么不让大家过来瞧瞧呢？"

——坏人做了好事总爱到处吹嘘，唯恐人不知道；而做了坏事，则遮遮掩掩，唯恐人知道。

啃骨头的花狗

花狗趴在路边，正津津有味地啃着骨头。这时，小羊跑了过来，花狗顿时怒目以待，随时准备咬小羊一口。

小羊见花狗愤怒的样子，就问："我又没招你惹你，你怎么对我这么凶啊？"

花狗道："你不是来抢我的骨头的吗？"

小羊看一下花狗嘴里的骨头，笑了，说道："我只对青草感兴趣，你那骨头在我眼里一钱不值！"

花狗听了，顿时收起对小羊的凶面孔。

——没有利益之争，便不会有冲突产生。

千里马与电动车的对话

一匹千里马偶尔与一辆电动车相遇了。千里马便把积郁心头甚久的问题说了出来："电动车老弟，为什么现在人都爱骑你们，而把叱咤风云的我们闲置不用呢？"

"恕我直言！"电动车说，"这是因为你们有时好使性子、好尥蹶子，不服使唤的缘故啊！"

骄傲的鸵鸟

"诸位！"鸵鸟昂着脑袋对百鸟说，"在我们鸟类家族中，我是当之无愧的巨鸟，试问有谁的身躯比我大呢？有谁的体重能超过我呢？"

作为百鸟之王的凤凰，不得不出来说句公道话："是的，论身高体重，鸟类中没有谁能与你一比，但这又有什么可吹嘘的？你之所以飞不起来，也正是由于你那庞大而笨重的身躯拖累的啊！"

凤凰的话还没说完，鸵鸟的头已抬不起来了。

老牛的教导

小牛犊渐渐长大了，老牛决定教它干些农活。正巧有一块地要翻，老牛便叫小牛犊随它一同拉犁铧。还没犁两个来回呢，小牛犊就吃不消了，它气喘吁吁地说："妈妈，干这活儿太累了！"

"哪有不费一点儿力气就能干好的事呢？"老牛看了小牛犊一眼说，"要知道，一分汗水一分收获啊！"

小牛犊听了，懂事地又埋头拉起犁来。

拉车的启示

一辆满载货物的大车陷进泥里。黄牛使劲拉，大车一动没动；黑驴过来拉，大车仍是纹丝不动；花马试了试，依旧没拉上来。

"让我们一起拉吧！"黄牛提议。

"对，我们一起拉！"黑驴和花马表示赞同。

"一、二、三！"它们三个齐心协力一用劲，陷进泥里的大车很顺利地被拉上来了。

"还是团结起来力量大啊！"黄牛、黑驴和花马异口同声地说。

猫头鹰和萤火虫的对话

萤火虫："猫头鹰大哥，你怎么还不休息呀？"

猫头鹰："田鼠一天不消灭干净，我就一天不会停歇！"

萤火虫："你这样辛苦有报酬吗？"

猫头鹰："没有！"

萤火虫："你的工作有人监督吗？"

猫头鹰："也没有！"

萤火虫："既然一没有报酬，二没人监督，那你还这么卖力干吗？"

猫头鹰："老弟，干工作可不能像你说的这样：没有报酬就不干，没人监督就怠工。要是这样，什么事都办不成的。"

雨伞和打气筒

雨伞生气地冲打气筒说："人总是在需要时把我们找出来，用过又把我们丢在墙角！"

打气筒笑了，说："人需要我们的时候，正是体现我们价值的时候。"

雨伞又道："可人不能老把我们丢在墙角呀，起码要放在一个高高的显要位置！"

"看看，保持一种平和的心态多么重要！"打气筒又笑了，说，"就是因为你计较位置的高低，心里才满是懊恼和埋怨啊！"

母鸡丢蛋

　　主人每天都把母鸡赶出门，让它自己找食吃，不舍得给它抛一把米粒。母鸡没办法，就常溜到邻居家鸡盆里蹭点吃的。邻居碍于情面，便每天往盆里多丢一把米。母鸡感激不尽，就一次次把蛋下到邻居家的鸡窝里。

　　主人发现后，大怒："你这只昏头鸡，怎么能把蛋下错窝呢？"

　　"我每天吃邻居家的米，当然要把蛋下给邻居！"母鸡理直气壮地说，"因为那些蛋都是邻居的米变成的呀！"

　　主人一听，哑口无言。

　　——不愿付出，哪来收获。

麻雀和雄鹰

麻雀炫耀地对雄鹰说："要说飞得高，我的小表弟云雀飞得比你还高！"

见雄鹰不说话，麻雀又说："要说飞得远，我干妈大雁飞得比你更远！"

雄鹰一针见血地说："还是说说你自己吧，请问你能飞多高、飞多远呢？"

"我、我……"麻雀顿时结结巴巴说不出话来。

安逸的猪

大雁："心里装着远方，就不畏山高水长！"

骆驼："胸中装着绿洲，就不怕黄沙漫漫！"

猪打了个哈欠，说："你们都是傻蛋，天天风餐露宿、忍饥挨渴，自找苦吃还都唱高调哩！看我，吃了睡睡了吃，多安逸。"

第二年，大雁和骆驼又相遇了，它们又友好地攀谈起来。可那头安逸的猪呢，早已成为人们的盘中之物。

鸵鸟夺冠

动物马拉松比赛正在激烈地进行。在观众的欢呼中，冠、亚、季军诞生了，依次是鸵鸟、斑马、梅花鹿。当大象用长鼻子卷起金牌想挂到鸵鸟脖子上时，羚羊喝道："慢着。"

"你有何话说？"评委问。

"本次比赛限在兽类中举行，而鸵鸟系鸟类，应取消它的获奖资格。"羚羊道。

"我参加比赛是为检测自己的实力，现在这个目的达到了，何必要此虚名？"说罢，鸵鸟昂首走下颁奖台。

颁奖继续，只不过金、银、铜奖获得者有了变动：依次是斑马、梅花鹿和羚羊。

麋鹿择优

麻雀碰见了麋鹿，见它长相奇特，就问："看你角像鹿、颈如驼、尾似驴、蹄若牛，可整个儿一看，又谁都不像，你到底是谁呀？"

"我是麋鹿，俗称'四不像'。"

"原来你就是大名鼎鼎的'四不像'啊！"麻雀惊奇地叹道，"你是如何长成这神奇之躯的？"

"梅花鹿的角美观、骆驼的颈粗壮、驴的尾巴灵活、牛的四蹄强健，我正是择取它们的优点于一身，才有今天的模样啊！"麋鹿谦逊地说。

——原来成功者都善于汲取别人的优点。

驴的困惑

麋鹿的角像鹿、颈像驼、尾像驴、蹄像牛，因长相奇特、稀有珍贵，被誉为"四不像"。

一日，驴找上门来，问："我的尾巴在我身上显得平平常常，我也从没发现它有啥特殊之处，为啥到你屁股上就锦上添花了呢？"

看着一脸困惑的驴，麋鹿笑着说道："自己的长处往往自己看不到，也不知道充分发挥利用。你跟很多人一样犯了这种不应该犯的错误啊！"

驴听了，羞愧地甩着尾巴走了。

渔人的眼光

渔人每次撒网都能网住许多鱼，但拉上来的都是大鱼，小鱼都钻过网眼逃生了。为此，渔网遗憾地说："主人，如果你织我时，不留这么大的网眼，我就可大鱼小鱼全给你捕上来了。"

"哈哈哈，"渔人笑道，"我织网时留大网眼，就是让小鱼能钻出去呵！"

"这是为什么？"渔网不解。

"如果网眼太小，连小鱼都不放过，大鱼小鱼一网打尽，用不了多久，我就什么也打不到了！"渔人说。

人无远虑，必有近忧。渔网这才明白渔人留大网眼的用意。

牛虻之怒

牛虻落在牛背上，刚想下口，牛尾甩了过来，幸亏躲得快，才没被击中。它嗡嗡飞了一圈，又落在牛腹下，刚想下口，牛尾又抽过来，差点要了它的小命。

牛虻被激怒了，冲牛发起了脾气："你这老牛，哪儿都好，就是尾巴太可恶，几次都差点置我于死地！你看看兔子的尾巴，还有小羊的尾巴，短小精悍，多么美观；再看看你的尾巴，又粗又长，简直是个累赘！"

"我这尾巴是不好看，但就因有了它，才能狠狠打击你这贪婪的家伙。"牛说着，瞅准时机甩起尾巴将牛虻击落在地。

——有的人做事总是从自身利益考虑，对自己有利的就极力赞美，对自己不利的就极力毁谤。

麻雀的本事

几只麻雀听见黄鹂在唱歌，便叽叽喳喳展开了讨论。

"黄鹂的音色不大好，唱不到位！"一只说。

"她没经过名师指点，路子不正！"一只说。

"顶多是个三流歌手，登不了大雅之堂！"又一只说。

"你们分析得挺有道理。"喜鹊冲麻雀们说道，"既然你们说得头头是道，能给大伙也唱一首吗？"

"是呀，有本事也露一手。"白头翁说。

"唱歌？我们可不是歌唱家。"一只麻雀辩解道。

"是呀，我们可都是评论家！"一只麻雀大言不惭地说。

"明白了，原来你们的本事就是对别人评头论足呀！"喜鹊一针见血地说。

一个真理

狐狸在西山开一家诊所，山羊在东山开一家诊所。狐狸的诊所里挂满了来路只有它自己知道的锦旗，如"华佗重生""妙手回春"等。山羊的诊所里一面锦旗也没有，有的只是排队前来治病的小动物。

这天，狐狸拦住从山羊的诊所看病归来的小刺猬，问道："为什么我的诊所里冷冷清清，而山羊诊所里却热热闹闹？"

"大伙坚信一个真理，"小刺猬道，"越自吹自擂的家伙，越没什么真本领；越有真本领的人，越虚怀若谷，默默地为大伙治病。这就是大伙都挤到山羊医生的诊所看病的原因。"

老鼠的哀叹

老鼠可怜巴巴地说："我们过的是啥日子呀！整天缩在阴暗的洞里不敢露面，有时为找点吃的还要冒着小命玩完的危险。"

猫听了老鼠的话，喵的一声乐了："如果改掉自身的缺点，不再干偷偷摸摸的勾当，我定会对你们另眼相看、爪下留情的。"

遗憾的是，直到今天，老鼠也没有改掉自身的恶习，所以它们就一直躲在暗无天日的鼠洞里。

天鹅请客

天鹅经过南来北往虚心访学，终集南北厨艺于一身，便开了一个酒店。择定开张吉日，天鹅向带翅膀的亲朋好友发出请柬，诚邀大伙光临赴宴。

老鹰、布谷、喜鹊、蝴蝶、蜜蜂……它们都如约而至。

苍蝇等来等去也没收到天鹅的请柬，它气呼呼地拦住萤火虫问道："老鹰、布谷它们鸟类，我就不说了；像蝴蝶、蜜蜂，还有你萤火虫，你们都收到了天鹅的请柬，为什么天鹅偏偏把我忘了呢？"

萤火虫道："从餐厅的那些新安装的窗纱来看，天鹅并没有忘记你！至于为什么没给你送请柬，你还是从自身找原因吧。"

风景跑不了

　　风景秀丽的高山下，住着一户人家，这家有个男孩。一天，他的小伙伴叫他去爬山。男孩缩在被窝里懒洋洋地说："等我长大再去吧，反正风景跑不了，我再睡一会儿。"

　　转眼小男孩成了青年，一天同村的小伙子邀他登山，他揉揉惺忪的双眼说："你们去吧，反正风景跑不了，我以后有的是时间。"

　　又一转眼，他已成古稀老者。这时，他清醒了，说："天哪，家门口山上的风景我还从没上去看看呢，再不去就没机会了。"可他没登几步呢，已累得气喘吁吁走不动了。"山上风景如画，可我却无力登顶欣赏了！风景没跑，而我一生中的美好光阴全跑了啊！"他不由得叹道。

猪的困惑

猪找到牛，问道："要说贡献，我可以说贡献了我的全部：肉供人吃，骨可炼胶、毛可做刷子，为啥人吃着我、用着我，却还骂我？叫我蠢猪、懒猪，把我搞得声名扫地。"

牛想了片刻，说道："人并不是骂你，人是借你骂他们自己。"

猪哼哼道："我脑子是有点笨，老兄还是把话说明白点。"

牛笑道："你吃了睡睡了吃，贪图享受，很多人跟你一样；你不讲卫生，懒惰成性，很多人也跟你一样。总之，你身上的很多毛病，人身上都有。于是有些人便借你的名骂另外一些人。"

猪一听，哼哧一下笑出声来："原来如此，那我们错怪人啦！"说罢，安然倒地睡去。

虎王的经验

狐狸和熊争论是先有鸡还是先有蛋，狐狸说先有鸡后有蛋，熊坚持先有蛋后有鸡，争来扯去就闹到虎王面前。

"当然是先有鸡！"虎王说，"根据我多年吃鸡经验，常发现母鸡肚子里有大大小小的蛋。"

"那鸡从哪里来？"熊问道。

"鸡、鸡……"虎王答不上来，它猛一拍石案，喝道，"你是大王我是大王？我说先有鸡就是先有鸡！"

熊想再争论一下，却被狐狸揪了出来。

"你拉我出来干啥？大王说错了，我就不能跟它讲讲理吗？"熊问狐狸。

狐狸小声说："大王毕竟是大王，大王说啥就是啥！你要是再争论下去，大王的下一爪子就不是拍在石头上了！"

熊一听，顿时吓出一鼻子汗来。

母鸡的翅膀

母鸡领着小鸡们到树林里玩耍。

风雨来了，母鸡忙喊道："孩子们，快到妈妈翅膀下来。"小鸡们急忙挤进去，因此免去了雨淋之苦。

雨过天晴，小鸡们从母鸡翅膀下钻了出来。突然，母鸡发现一只饿鹰在天空盘旋。她又忙把小鸡们唤到翅膀下紧紧地护着。

"妈妈的翅膀真伟大！"小鸡们躲在母鸡翅膀里由衷地赞美着。

"小家伙们！"正在给树木治病的啄木鸟说道，"如果没有那'伟大'的翅膀呵护，或许长大后，你们也能在蓝天里试翼奋飞呢！"

讲条件的黑牛

主人有两头牛，一头黑牛，一头黄牛。一天，主人让两头牛去耕地。

黑牛道："想让我干活可以，但要先给我草料吃，而且草料要鲜嫩、充足。否则，不干。"

黄牛说："别一干活，你就先提要求、讲条件……我们还是先把地耕好吧。"

黑牛道："这可不行，要不先讲好条件，干好活后，你就没有讲条件的主动权了。"

主人并不说话，把黑牛和黄牛一起带到田里。结果，讨价还价的黑牛因没吃上鲜嫩的草料很有情绪，耕地时不出力、想应付了事，结果身上被主人抽出了许多鞭痕；而黄牛尽心尽力卖力耕地，不但没挨鞭子，归家之后主人还奖赏它许多鲜嫩的草料。

五官说

眼睛说："我看到的有时不一定是真实的。"

耳朵说："我听到的有时不一定是可信的。"

嘴巴说："我亲口所说的有时不一定是发自内心的。"

鼻子哼了一下，说："你们真是太马虎了，啥都弄不准，要你们难道只是一种摆设吗？"

见场面有点儿尴尬，大脑这时插话道："是呀，凡事都要多看看、多听听、多问问，然后再多想想，这样才不会只看到表面现象、只听到片面之词啊！"

梦想

　　小狐狸说："我的梦想是能吃上一串甜甜的葡萄。"

　　癞蛤蟆说："我的梦想是能吃上一块香喷喷的天鹅肉。"

　　见小鸡自顾自地埋头在草丛里找来找去，小狐狸和癞蛤蟆就围了过来。

　　小狐狸问道："小鸡，我有一个梦想，就是能吃上一串甜甜的葡萄。你的梦想是什么呢？"

　　癞蛤蟆也问道："小鸡，我也有一个梦想，就是能吃上一块香喷喷的天鹅肉。你能告诉我你的梦想吗？"

　　小鸡头也不抬地回答道："我可没有那些不着边际的梦想，我只想打这草丛里找一个实实在在的小虫子！"

"聪明"的大老鼠

小老鼠见爸爸每次只偷一点点米回窝,不解地问道:"爸爸,你怎么不多弄些米回来呢?那样我们就可以吃个够啦!"

大老鼠得意地说:"孩子,我这么做,就是为了不让主人发现呀!你想想,要是我一下子弄回来很多米,就会被主人发现,那样他就会派猫防范我们。到时,我们恐怕连这点米都弄不到了!"

小老鼠听了,赞叹说:"爸爸真聪明!"

不料,大老鼠一次去偷米时,还是被猫抓住,丢了性命。

"唉,爸爸那么小心,怎么还是出事了呢?"小老鼠一边抹眼泪一边自言自语。

墙角的蟋蟀听了,告诉小老鼠说:"干坏事的人,无论手段多么高明,终有露出破绽而受惩罚的一天!"

比蛋

麻雀在房檐上产了四颗蛋。突然，它听到母鸡在房檐下咯咯叫。

麻雀低头一看，鸡窝里有一枚圆滚滚的、如小孩拳头般大小的蛋，它不由得惊问："母鸡大婶，这是您下的蛋吗？"

"是呀，"母鸡抬头答道，"这是我下的蛋。"

"哎呀，您真了不起！"麻雀向母鸡竖起翅膀尖儿说，"哪像我，虽然一下产了四枚蛋，但加起来也没你下的一个大！"

"真正了不起的是你啊！"母鸡羡慕地对麻雀说，"竟能一下生出四个蛋！"

人应该自信，不要妄自菲薄；当你羡慕别人的时候，说不定人家还在羡慕你呢。

不让猫捉野兔的猎狗

猫正追赶着一只野兔，眼看就要抓住了。突然猎狗冲过来拦住了猫的去路。

"你为什么拦住我？"猫不解地问。

"为什么？还是问你自己吧！"猎狗瞪圆双眼说，"你的职责是捉耗子，抓野兔是我分内的事。我不多管闲事去捉耗子，你也别乱插手我的工作！"

望着野兔逃远的身影，猫不由得感慨万千：

"为什么我们不能携起手来去捉野兔，却在权力范围上斤斤计较呢？"

大公鸡和小乌鸦

大公鸡昂首挺胸冲树上的小乌鸦说：

"喔喔喔，你听我的声音多么洪亮，禽类中没有谁能高过我的嗓音！"

"是啊！你的声音很高亢，而我的哑喉咙破嗓子，叫出来的声音真是难听死了！"小乌鸦悲伤地说。

大公鸡啪啪拍打几下翅膀又说：

"你看我的羽毛多么漂亮，似彩霞如绸缎，连孔雀也无法跟我相比！"

"是啊！"小乌鸦难过地说，"你再瞧我的羽毛多难看，黑不溜秋的，真是丑死了！"

花喜鹊听了它俩的谈话，飞过来语重心长地说：

"大公鸡老看自己的长处，认为自己处处比人家强，所以才总觉得自己了不起；而你小乌鸦光看自己的短处，认为自己处处不如人家，所以才越来越自卑。你们这两种思想都要不得！凡事既要看到自己的长处，又要找出自身的不足，这样才能正视自己，做到不骄傲也不自卑。这才对啊！"

大公鸡和小乌鸦听了花喜鹊的教导，都不好意思地低下头来。

两窝麻雀

有两棵树长得很近，一棵树上住着麻雀，另一棵树上住的也是麻雀。两家虽是多年的邻居，可关系却很糟。要么互不搭腔，要么就是叽叽喳喳地吵架。可近来两棵树上却平静起来。一打听，原来两家都忙着孵蛋呢！

忽一日，狂风大作。两棵树上的麻雀都吓坏了，各自揽住自己的宝贝蛋。可是风太大了，还是有雀蛋从它们窝里滑了下来。

风停了，这家的麻雀一清点，发现摔下去两颗蛋，雌雄二雀顿时心如刀绞。正痛不欲生，忽闻对面树上也传来阵阵哀号。侧耳细听，原来那家竟摔下去三颗蛋。

"太好了！"这家的雌雀转悲为喜，"它们家的损失比咱的还大！它们比咱多摔下去一个，将来我们两家再发生战争，咱就少了一个对手！"

"对！"这家的雄雀拍双翅赞成雌雀的话，"现在我们的蛋比它们的多，哼，走着瞧吧，看以后谁怕谁！"说罢，两雀又高高兴兴地埋头孵起蛋来。

黑羊和白羊

夏天，一场洪水把黑羊的青菜洗劫一空，白羊的青菜因种在山坡上而免遭于难。

"这以后的生活怎么过呀！"黑羊悲恸欲绝。这时白羊送来了一筐青菜，解了黑羊的燃眉之急。

已入深冬，白羊还没有及时将萝卜从地里挖出。突然降了一阵暴雪，把白羊的萝卜全都冻坏了。

"这天寒地冻的日子该咋过呀！"白羊仰天长叹。这时黑羊及时送来了一担萝卜，白羊因此免受了饥寒之苦。

"多么感人哪！"目睹了白羊和黑羊之间的深厚情谊，黄牛慨叹着说，"只有互相帮助才能共渡难关啊！"

老虎的"客气"

老虎在山路上遇见了刺猬，老虎笑眯眯地说：

"刺猬老弟，你背这一身枣子是走亲还是访友呀？"

小刺猬并不理睬，大模大样地走远了。

"大王，您怎么冲小小的刺猬如此客气？"一只麻雀不解地问。

老虎瞪了麻雀一眼，无奈地说：

"要不是它那满身的尖刺，我哪有耐心跟它'客气'！"

两双皮鞋

有人新买两双皮鞋，从外表看，这两双皮鞋一模一样，难辨彼此。一天，这两双皮鞋一见面，竟各不相让地争吵起来。

"你这假冒伪劣的东西，怎么冒充我的品牌混入市场，坑害消费者呢！"第一双皮鞋怒不可遏地说。

第二双皮鞋也暴跳如雷："你怎么信口雌黄，污我清白！我是货真价实的正宗名牌产品！不信，我这还有'合格证'呢！"说着，它真的抖出一张精美的纸片来。

"假的就是假的！虽然装得很像，但却经不起实践的考验！"第一双皮鞋一针见血地说。

果然，过了一段时间，第二双皮鞋就被扔进了垃圾堆，因为它已开裂得无法再穿了。而第一双皮鞋久经岁月仍完好如初。

争功劳

拖拉机拖着犁铧欢快地翻着田地，而后又拖着铁耙仔仔细细把地整平。瞅驾驶员抽烟休息的空儿，铁耙神气地对犁铧说：

"老兄，看我将地耙得多匀呀，连一个大土块都找不到！"

"别把功劳都揽到自己头上！"犁铧没好气地说，"要不是我先把地翻好，你能耙得动吗？"

"都别觉得自己了不起！"拖拉机也开口了，"要不是我拖着你们，你们谁也动不了，啥也干不成！所以论起来还是我的功劳大！"

"不要争吵！"驾驶员丢下烟头说，"干好一件事要靠大伙共同努力，单单强调哪一个人的功劳是不对的！"

犁铧、铁耙和拖拉机听了，都受到很大的启发，它们又开进另一块田地，齐心协力地耕耘起来。

"好心"的小猴

冬天，小猴见主人早晨洗脸时往盆里加了许多热水，就问主人那是为什么。

"这样水就不凉了！"小猴听了便把主人的这句话记在了心里。

一天，小猴见玻璃缸里的金鱼懒得动，就想金鱼一定在水里很冷，忙提一瓶热水，学着主人的样子哗哗往缸里倒。再看那几条金鱼，只挣扎了几下都被烫死了。

"我本想给它们加点热水，使它们免受冷冻之苦，没想到好心竟做了错事！看来，遇事应先经过一番思索，而不能盲目模仿啊！"小猴懊悔地等待着主人的惩罚。

墙与画

一所老房子，四壁皆凋，有些地方还裂出了一道道的缝。白天，阳光从那裂缝里射进来；夜晚，寒风从那裂缝里灌进来。总之，老房子的墙壁已破旧不堪了。

主人没办法，就买来几张画贴上去。再瞧，墙壁旧貌换新颜，美观多了。客人们进来就夸墙上的画好漂亮呀，谁也没注意画后面破烂的墙壁。

于是画沾沾自喜起来，其中一张嗲声嗲气地冲墙壁说：

"你这黑不溜秋的烂墙，看我们多美，若没我们遮住你，你不定会露出什么丑来！"

其他的画也跟着附和。

墙见画们吵吵闹闹的，就说道：

"如果主人不从根本上解决问题，不把我们的裂缝补好，我相信过不了多久，你们就会变样子的！"

果然没多久，一场大雨从裂缝里潲进来，把画都浸湿沤烂了。

螳螂、蝉和树

"你的躯干多么高大，你的枝叶多么茂盛！"一只蝉趴在树梢上一边高声赞美着树，一边偷偷地把细长如针的嘴巴插入树的肌肤。树被蝉动听的歌声陶醉了，对蝉的举动毫无知觉，昏昏入睡了。

突然，蝉的惨叫惊醒了树的酣梦，它睁开惺忪的眼一看，原来那只蝉让螳螂给捉住了，正痛苦地挣扎呢。

"可恶的螳螂，快放开它！"树斥责道。

"放开？为什么？"螳螂不解地问。

"因为它每天都要给我唱好听的歌儿呢！"

"多么可悲呀！"螳螂叹息着说，"正是因为那些好听的歌儿麻痹了你的大脑，才使它得以吮吸你的汁液，而你竟全然不知！"说完就不顾树的阻拦，一下钳断了蝉的脖子。

狼管羊

群羊无首。虎大王就任命狼为众羊的首领。新官上任三把火，狼刚上任就郑重地宣布了许多条"规章制度"，并声明：凡有违者，格杀勿论！

有一日，一只羊羔偷吃了农家的麦苗，审判结果：羊羔以剥皮惩处，羊皮示众，羊肉由狼保管。

就这样，过了数天，几十只肥羊都因触犯了那些"规章制度"而被铁面无私的狼处以极刑，肉都"保管"到狼肚子里去了。

一天，虎大王召集各路首领议事。狼走上来对虎大王说：

"承蒙陛下厚爱，把管理羊群这一重任托付给我，因那些羊生性刁顽，屡犯法条，皆被我剥皮示众了！"

"剥皮示众？"虎王舔了一下流出的口水又问，"那羊肉呢？"

"羊肉、羊肉都在我肚子里'保管'着！"狼心虚地说。

虎大王听了大怒，猛地从宝座上蹿下来，把那只狼扑倒在地，一口撕开了狼的肚子，里面却空空如也。虎王叹道：

"朕本想让你统领群羊，让它们繁衍生息，不断兴旺；而你却违背本王的旨意，擅自吃掉它们，这的确是我用人不当啊！"

鸭子的梦想

一只小鸭子偶然读了安徒生的《丑小鸭》后，便以为自己将来也会变为美丽的白天鹅。于是它就骄傲起来，再也看不起其他水鸟了，整日陶醉在那个美好的梦中。

时间一天天过去了，小鸭子长大了。可它并没有成为令人羡慕的天鹅，依然是一只灰不溜秋的鸭子。它开始咒骂安徒生，骂他胡编乱造蛊惑人心。"我成不了美丽的白天鹅，我只是一只让人讨厌的鸭子！"它感到所有的水鸟都在嘲笑它。从此，它变得很自卑，以致整天躲在芦苇丛里不敢出来嬉水觅食。

"为什么非要成为白天鹅呢？"一只老母鸭说，"盲目追求是不可取的，陷入自卑的泥淖更可悲！孩子，如果你抛弃那虚幻的梦想，回到现实中来，你就会发现我们鸭子也是很可爱的。"

痛苦的鸭子听了，心中豁然开朗。

鸬鹚和鹭鸶

鸬鹚俗称"鱼鹰"，鹭鸶又名"长脖子老等"。它俩都是以捕鱼为生，且各有一套捕鱼经验。

一日，鸬鹚与鹭鸶在一处水湾巧遇。鹭鸶见鸬鹚钻上钻下忙个不停，就嘲笑道：

"老兄，别瞎折腾了，还是像我这样守在这儿等吧，自会有鱼儿送上门来的。"

鸬鹚好像没听见鹭鸶的话，又一头扎到水底去了，很快它就捉到几条鱼儿。当它打着饱嗝跳上岸扑扇着翅膀、正想美美地晒太阳时，一扭头见鹭鸶还像一叶残荷站在水边，它就问："老弟，有鱼儿送上门了吗？"见鹭鸶红着脸垂下头去，鸬鹚就劝道："无论干什么都应积极主动地去做，你还是换一种方式吧！只要你主动去追捕鱼虾，就定会有收获的。像你这样死等下去，会饿坏身体的！"

可鹭鸶依然按自己的老一套方法，苦苦地站在水边等着，根本听不进鸬鹚的劝告。

"固执啊！"鸬鹚见鹭鸶把自己的话当成了耳旁风，就叹息一声跳入水中游走了。过了几天，鸬鹚又经过那处水湾，它看到的只是一具浮在水面上的鹭鸶的尸体。

千里马的悲剧

有个人骑马闲逛，迎头碰见伯乐。伯乐一看那人的马，不由得贺道："阁下所骑乃一匹罕见的千里马啊！"

那人一听大喜，心想：伯乐说的，定不会假。既如此，还要那些庸才何用？他回到庄园就把那些耕地的牛、拉磨的驴和驮物的骡都处理了。从此，犁地、拉磨、驮东西这些大小杂活全落在千里马的身上。

"主人，"千里马一天累得气喘吁吁地说，"再这样让我干下去，终有一天我会被累垮的！"

"累垮？你怎么说这样的话呢？这是千里马说的话吗？"主人接着慨叹道，"我这样做，正是体现我对你的重用呀！"

千里马只得又埋头拉起犁来。果然，没多久这匹千里马在一次驮重物时累倒在地，再也没能站起来。

只知重用人才而不知爱惜人才，同样是对人才的摧残。

鞭打的牛

有一头牛每天从田里归来，身上都布满了一道道鞭痕，它对此非常苦恼。

一日，这头牛羡慕地问另一头牛：

"咱俩一起耕田，为啥鞭子总落在我背上？是不是主人太偏心了？"

"这要从你自身找原因！"另一头牛意味深长地说，"干活时，你总是催一声走一步，不催赶你就不知使劲，主人还能不一次次地鞭策你吗！"

那头挨鞭子的牛听了，再也没有话说。

蝉与螳螂

一只蝉正在枝头歌唱，一只螳螂悄悄地爬过来，它想捉住蝉饱餐一顿。但螳螂每向前移动一步，就顾虑地向后观察一眼，它怕身后突然杀出个黄雀来。

近了，更近了。螳螂猛地扑上去捉住了蝉。这时就听蝉喊道：

"螳螂大哥，黄雀飞来了！"

螳螂一愣神，忙向后张望。蝉趁螳螂心慌力减之机猛然挣脱高飞而去。

顾虑，让螳螂前功尽弃；机智，使蝉死里逃生。

助威的兔子

　　狮子和老虎为争夺王位展开了你死我活的搏斗。许多兔子围过来观战，一只老兔子对子孙们说：

　　"你们瞅准了，一会儿谁占上风，我们就给谁呐喊。这样不论谁当了兽王，对我们都会有好处，以后咱们兔子的日子或许就会好过些！"

　　说话间，狮子和老虎已大战了三百个回合，这时就见狮子气喘吁吁，只有招架之功而无还手之力了。于是兔子们就齐声喊了起来："虎王加油！虎王必胜！"谁知又过了一阵子，狮子的斗志又盛，越战越勇，老虎几乎处于被动挨打的地位。兔子们又大声喊道："狮王必胜！狮王加油！"果然，狮子得胜了，它夺得了兽王之位。

　　兔子们欢呼着围上去邀功，只见狮王猛地蹿上来，连抓了几只刚才喊得最起劲的兔子，怒视着说："我最讨厌的就是你们这些见风使舵的家伙！"说毕，就有滋有味地嚼起兔肉来。

夸尾巴

一天，狗和老鼠闲着没事，就各自夸起自己的尾巴来。

老鼠得意地说：

"别看我这尾巴又细又长，作用可大了！我把它伸入油瓶里浸满香油，再抽出来高高翘起，那香喷喷的油珠儿就会从尾巴尖一滴滴落入我的口中。啧啧，真是妙极了！"

狗也神气地说：

我这尾巴也不可小看，它又柔软又灵活，只要我向主人摇那么几摇，主人就会心花怒放地扔给我一块骨头啃啃！"

正巧，一位哲学家打这里路过，听了老鼠和狗的对话，就指着它们的鼻子慨叹道：

"正因为你们有这样的尾巴，一个才永远是贼味十足的老鼠，一个才永远是奴性十足的狗啊！"

小马和小驴

小马和小驴是好朋友，它俩商量好每天早早起来练习跑步，以练出日行千里的本领。

三伏天，天气酷热，可小马每日仍起得很早。它去喊小驴时，小驴总是说："这大热的天，跑个啥！跑不了几步就是一身臭汗。要去你去，我等到天凉快时再练吧！"小马只得摇摇头自个儿去了。

转眼到了冬天，天冷得滴水成冰，但小马仍坚持每天早早来喊小驴锻炼身体；可小驴却又说道："这么冷的天，跑个啥！冻得腿都伸不开，要去你去，我等到天暖和时再练吧！"小马又叹口气，只好自个儿练习去了。

经过刻苦锻炼，小马终于成了赫赫有名的千里马。而小驴呢，因为怕吃苦，结果不但一无所成，还落了个"懒驴儿"的绰号。

学者风范

乌龟听到大伙说它呆头呆脑、笨拙可笑，气得差点儿眼里喷出火来：

"说我行动笨拙，真是岂有此理！猴子蹿上跳下的那是行动利索吗？那是毛手毛脚，没修养！兔子蹦蹦跳跳的，那是行动敏捷吗？那是顽皮胡闹，没品位！"

正当乌龟唾沫飞溅、贬低着猴子和兔子时，快嘴八哥插了一句：

"乌龟先生，依你看，你那慢慢吞吞的样子，该怎样解释呢？"

乌龟白了八哥一眼，没好气地说：

"很好解释嘛！我这是行事稳重的表现，也是有风度有知识的学者风范啊！"

见乌龟振振有词，八哥不由得长叹道：

"看来，在抱残守缺者眼里，自身的弊端也是值得歌颂的美德啊！"

钉子和锤子

锤子一下一下地敲着钉子，好让钉子钉进木料里去。钉子受不了，气呼呼地说：

"你怎么老是打击我呢？真是太不够朋友啦！"

"老弟，你弄错了！"锤子笑着说，"我这是督促你不断努力进取啊，这才是一个真正的朋友应该做的！"

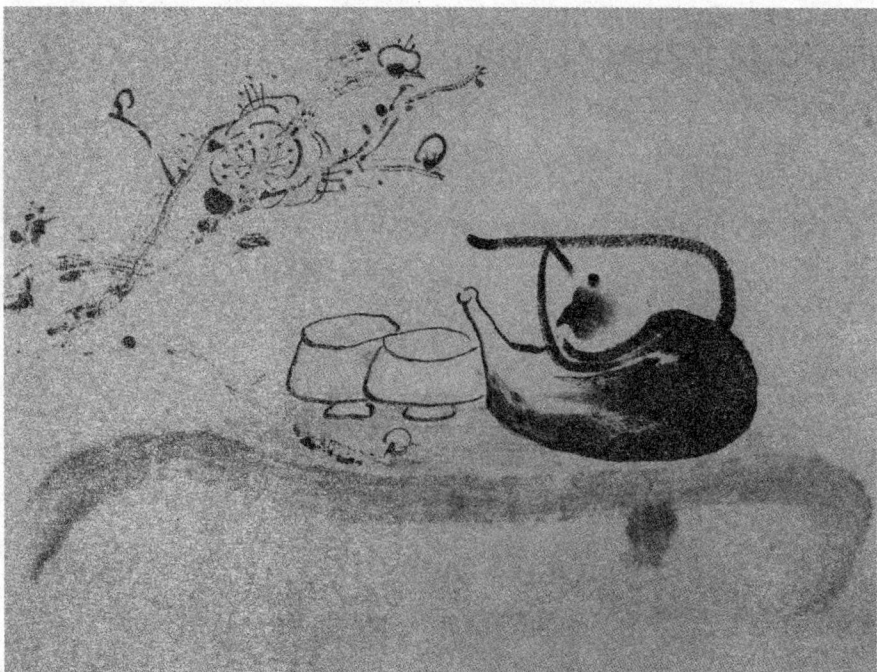

喜鹊总结的真理

在山坡下，喜鹊碰见了老黄牛。它见老黄牛虽累得满身是汗，却仍笑眯眯的，就问：

"黄牛伯伯，你怎么这么高兴呀？"

"山羊想在山坡上种些白菜，可又急着没法翻地。现在我帮着它把地犁得平平整整，耙得又细又匀，还帮它把白菜种到了地里；山羊今年就不愁吃的了，我能不高兴吗？"老黄牛说完就笑眯眯地走了。

来到小河边，喜鹊见小河哗哗地欢笑着向前奔流，就问：

"小河姐姐，你怎么这么高兴呀？"

"梅花鹿刚才不小心把沙粒弄进了眼里，痛得不得了。现在我帮它把沙粒冲洗掉了，它的眼睛又能清楚地看东西了，我能不高兴吗？"小河说着又哗哗笑着向前流去。

飞进树林里，喜鹊见啄木鸟正高高兴兴地忙碌着，就问：

"啄木鸟大哥，你怎么这么高兴呀？"

"大树里生了虫子，把大树折磨得枝枯叶黄；现在我把那些可恶的虫子都啄出来了，大树又变得枝健叶绿，我能不高兴吗？"啄木鸟喜滋滋地说着又飞到另一棵树上忙了起来。

"啊！"喜鹊由此总结出了一个真理："谁热心帮助那些急需帮助的人，谁就会变得最快乐，他的生活也会变得最有意义！"

鸬鹚和翠鸟

鸬鹚和翠鸟都在河边忙着捉鱼。翠鸟抽空就对鸬鹚说：

"鸬鹚大姐，论起来咱们还是亲戚哩！都是水鸟，都以捕鱼为生。"

"是的，从生活习性上看，我们是差不多。但从本质上说，我们还是有差别的！"鸬鹚说。

"什么差别呢？"翠鸟问。

"你捕鱼是为自己，捕到鱼就送到自己的肚里；而我捕鱼却是为人类，捕到鱼就送到渔人的船舱里。"

听了鸬鹚的话，翠鸟尴尬地飞走了。

怕吃苦的鲫鱼

小河里生活着一条小鲫鱼。一日，它见鲤鱼匆匆游来，就问："你到哪儿去呀？"

"我要到辽阔的大海里去，那儿是我们鱼类最理想的家园。"

小鲫鱼也兴奋地跟随鲤鱼向前游去。可是游呀游呀，游了好多好多天，游了好远好远的路，累得小鲫鱼掉了好几片鳞，才来到一条大河里。

"从这儿到大海还有多远呀？"小鲫鱼疲惫不堪地问鲤鱼。

"大约还有几千里吧！"

"几千里？"小鲫鱼惊得张大了嘴巴，"你先去吧，我可要休息一会儿。"望着鲤鱼远去的身影，小鲫鱼可犹豫开了：我生活得好好的，为啥非想着到大海里去呢？路途那么遥远，何必自讨苦吃！想到这儿，小鲫鱼就打消了去大海的念头，从此就整日在河水里东游西逛无所事事。

——怕苦怕累，无论做什么事都只能半途而废。

乌龟的心理

一天，动物王国举行马拉松比赛。发令枪响了，大大小小的动物都撒腿向前狂奔。

乌龟见许许多多动物一个个都超过了自己，就很气恼。当它看到曾败在自己手下的兔子也跑到自己前面，它更来气了。正气得七窍生烟，无意中扭头一看，小蜗牛、小蚂蚁它们在自己身后正上气不接下气地爬着。

"你们也是参加赛跑的吗？"乌龟好奇地问。

"是呀！"小蜗牛头也没顾得抬，又匆匆向前赶去。

乌龟见了，愁眉顿时舒展了："哈哈，我以为只有自己落在最后呢！比起那些马呀鹿呀我自愧不如，可比起小蜗牛和小蚂蚁，我还是个飞毛腿呢！"

于是乌龟顿时心理平衡了，它心安理得地迈着步子慢腾腾地向前爬着……

蚂蚁搬食

一只小蚂蚁出洞觅食，没走多远它就发现一只大青虫在地上爬动。小蚂蚁就快步跑过去，一口咬住了青虫就往回拖。可那只大青虫一打滚，就把小蚂蚁甩了几个跟头。小蚂蚁并不气馁，它抖起精神又冲上来咬住了大青虫，大青虫又是一打滚，又把小蚂蚁摔得腿脚朝天。小蚂蚁爬了起来，晃动了几下触角就转身往回跑。看着小蚂蚁慌里慌张的身影，大青虫就笑了，说：

"就凭你那不堪一击的小样儿，还想在太岁头上动土，真是自不量力！"

大青虫悠闲地往前爬着，可没爬多远，一支浩浩荡荡的蚂蚁队伍跑步追了过来。大青虫见势不妙，也赶紧向前爬，可仍被那些蚂蚁包围了。只见蚂蚁们扑到大青虫身上你撕我咬，抬起大青虫就往回拖。大青虫使劲地挣扎，可还是没抗过那些蚂蚁的力量，被蚂蚁一步一步地朝蚁洞拖去。这时大青虫不由得悲叹道：

"打败一个莽撞的人容易，而想击垮一个团结的战斗的集体却难啊！"

马蹄铁

千里马在赛场上夺得了许多奖牌，要是全拿出来，可以挂满它的脖子。

这天，千里马选出四枚奖牌，请匠人把它们做成马蹄铁，钉在四蹄下。驴过来阻拦道："老兄你疯了吗？这可都是你汗水的结晶和荣誉的象征啊，你怎能随意践踏脚底呢？"

"给我钉上吧。"千里马坚决地说。

四块奖牌被钉在了千里马四蹄下，没想到一上路，那金质奖牌击打路面发出的哒哒声，催促着千里马跑得更快了。

只有把过去的成绩踏于脚下，才能奔向更辉煌的未来。

真正的千里马

千里马经过一次次赛场上的不懈拼搏，取得了一次又一次长跑冠军。那金灿灿的奖牌，实话告诉你吧，多得足以挂满千里马的脖子。

一天，麻雀见千里马轻轻松松在大路上奔跑，就飞过去问道：

"千里马大哥，你的那些金奖牌呢？咋没见你戴出来过呀？"

"那些都是过去的东西了，都在箱底丢着哩！"千里马平静地说。

"你咋不经常挂在脖子上出来让大家见识见识呀？"麻雀问。

"真正的千里马是不会把那些金牌整天挂在脖子上的，如果那样它就再也不会夺得金牌了！"千里马说完又奔驰而去。

看着千里马远去的身影，麻雀终于明白了：

"只有敢于放弃过去的成绩，才能更轻松地奔向前方！"

老鼠的眼光

经过精心的挖掘，一件新石器时代的陶碗终于拂去历史的尘沙又重见天日。

考古学家赞叹着说：

"这是古代劳动人民智慧的结晶！"

历史学家兴奋地说：

"这是古代文明的缩影！"

夜间，等人都散去了。一只老鼠溜到陶碗旁边，它左看右看，也没发现陶碗有什么稀奇，它又啃了一口嚼了嚼，也没品出什么特别的味道。至此，这只老鼠不由得笑道：

"我还以为是什么稀罕物呢！呸，不过是一个什么味道都没有的破烂而已！"

鹈鹕的嘴

一只嘴壳里装满鱼虾的鹈鹕在水边休息，岸上飞来几只麻雀。它们看见鹈鹕的嘴，都感到很稀奇。一只麻雀就问：

"你这怪鸟，脸上那鼓囊囊的是什么玩意儿？"

"是我的嘴！"鹈鹕说。

"叽叽，我还以为是啥哩，原来是嘴呀！"又一只麻雀禁不住笑起来。

"真是难看死了，你看那嘴比脑袋还大，能称作嘴吗？"其他麻雀也都喳喳大笑。

"是的！"鹈鹕不亢不卑地说，"与你们尖利的嘴巴相比，我的嘴极不美观，但它能存放许多鱼虾，用处大着哩！而你们的嘴除偷吃人家的穗粒和胡乱对人评头论足外，又有何用？"

狼的吹捧

一日，狼与驴结伴而行，狼说："驴大哥，你的身板真壮实，十匹马加在一起也没有你的力气大！"

"那是自然！"驴得意地说。

狼向驴靠近了几步，又说："驴大哥，你的心最慈善，连最憨厚的黄牛也没有你心肠好！"

"这还用说！"驴更得意了。

狼见时机已到，就装出可怜巴巴的样子说：

"驴大哥，你看我累得腰都直不起了，你就发发善心驮我几步吧！"

驴早已被狼捧昏了头，它毫不犹豫地答应了狼的请求。狼跳上驴背占据了有利的地势，瞅准驴的喉咙就张开了血盆大口……

骡子和狗的牢骚

骡子拦住主人愤恨地说：

"我天天给你耕地驮物，你并没多给我一把料吃；而猪啥活不干，却大盆小盆地享用香喷喷的饲料，这太不公平了！"

狗也冲主人发起脾气：

"我夜夜给你看家护院，可我至今还在屋檐下凑合；猪白天不犁地，夜间不巡逻，你却给它建个舒适的窝棚，真是太偏心了！"

"唉！有的人就是这样，干了一点点工作，就计较起报酬来！"老黄牛在一边忍不住说道。

山羊的感悟

山羊在路上碰见了狼，它忙毕恭毕敬地说：

"尊贵的狼啊，您的心肠比菩萨还仁慈、比上帝还宽厚，你就饶了我吧！"

没等山羊说完，狼就打断它的话：

"我很喜欢听你这样的奉承话，但跟你身上鲜美的肉相比，这些又都是次要的了！"

面对逼近的狼，山羊抖起胆来，挺起尖利的角刺向狼的双眼。狼躲闪不及，双眼就被戳瞎了，它盲目地乱扑乱撞，结果一头跌下了山崖。化险为夷的山羊长吁一口气，说道：

"看来一味的懦弱只会助长坏人的嚣张气焰，临危不惧、拼力一搏才是正确的选择啊！"

家鹅的挽留

一群家鹅碰见了一群落下来休憩的天鹅。因为语言相通，它们便交谈起来。

"你们万里迢迢翻山越水，不嫌辛苦吗？"一只家鹅问。

"不辛苦！"一只天鹅答。

"你们年年如此迁来迁去，不怕麻烦吗？"又一只家鹅问。

"不麻烦！"又一只天鹅答。

"我看你们还是留在这里吧，这里有肥嫩的水草供我们食用，更有安全温暖的窝棚供我们栖息。何必再吃苦受累地来回奔波呢！"第三只家鹅热情地说。

"谢谢你们的好意！"这时，领头的天鹅说道，"可你们也太健忘了！当年你们和我们一样都是在蓝天里搏击奋飞，就是因为贪图地上的安逸生活，你们才变得如此安于现状、不思进取啊！"言毕，它领着大家又飞向高空飞向了远方。

想吃月亮的青蛙

夏夜，一轮明月正在天空漫步。地上的池塘里，风平波静，水面漂浮着月亮皎洁的身影。

一只大嘴巴青蛙看见水中的月亮，就呱的一声跳了过去。月亮不见了，水面泛起层层银波。大嘴巴青蛙又爬上了荷叶，低头一看，月亮还在水中漂着呢，它又扑通一声跳了下去，可月亮又不见了。如此反复了几次，它怪异的行为就引起其他青蛙的注意。

一只青蛙大嫂跳过来问它："大兄弟，你在干什么呢？怎么老是抓月亮的影子啊？"

"我是想捉住月亮，尝尝月亮的味道！"大嘴巴青蛙回答。

"呱呱呱，"青蛙大嫂笑起来，"月亮在天上呢，不是你想吃就能吃得到的！"

"什么？在天上？"大嘴巴青蛙抬头看了看，天上还真有一个与池塘里一模一样的月亮。但它又嘴硬地说道，"我们的亲戚癞蛤蟆都曾想吃天上的天鹅肉，难道我有个吃天上月亮的想法有错吗？"

"人有个美好的想法是对的，但不能是不切合实际的幻想！"青蛙大嫂开导大嘴巴青蛙道，"对你来说，想吃天上的月亮，就是一个永远不能实现的幻想……你还是抛弃这个念头，去捕捉一只实实在在的飞虫吧！"

大嘴巴青蛙听了青蛙大嫂的话，顿时羞愧不已，一头扎进池塘里，半天都没好意思露出水面。

伯乐精神

有个马贩子想让一匹劣马卖个好价钱，就来找伯乐帮忙。他掏出五两银子递给伯乐说：

"先生，只要你明日在马市上赞美我的马一句话，这银子就是你的了！"

伯乐推开马贩子的银子，说道：

"还是让我先看看你的马吧！真是好马，我一两银子不要，也会替你说句公道话的！"

当伯乐一看那人的马，不由得连连摇头。马贩子一见，又摸出五两银子，点头哈腰地说：

"我再加五两，共十两，只求你一句好话！"

伯乐义正词严地说：

"别说十两，就是一千两银子，我也不会说违心话的！因为诚实和真理是用银子换不来的！"

那马贩子见伯乐不为银钱所动，只得牵着他那匹劣马悻悻而去。

黑熊学爬树

黑熊因身体笨重常招来大伙的嘲笑。这天，它见猴子在树上爬上滑下的，就羡慕地说：

"猴老弟，我能拜你为师跟你学爬树吗？"

"看你那副德行，哪是爬树的料！跌下来不把屁股摔成八瓣才怪呢！"猴子说着又神气地爬到树梢上冲黑熊做起了鬼脸。

黑熊见猴子奚落自己，便躲在树后仔细观察猴子爬树的动作，而后就抱着树干学着猴子的样子爬起树来。因为身体肥大，黑熊没爬几寸高就扑通摔了下来。但它还是一次又一次向上攀着：屁股摔肿了，它不嫌痛；肚皮擦破了，它不气馁；四肢爬酸了，它不叫累……

不知过了多少个日月，有一天，黑熊终于爬上了一棵大树。正巧，这让那只曾讥笑过它的猴子看到了。猴子吃惊地说：

"你这么重的身体，这么笨的腿脚，竟学会了爬树，真不简单！"

"是的！"黑熊深有感触地说，"我知道自身的条件很差，但我相信勤能补拙！只要有决心、有毅力、有吃苦的精神，就没有做不成的事！"

饥饿的鹰

　　一只鹰饥饿难耐，它急切地在天空盘旋着寻觅食物。突然，它迅速地冲了下去，一只小麻雀就成了它的爪中之物。

　　正当小麻雀闭上双眼等待鹰的铁爪无情地将它撕碎时，奇迹出现了，只听鹰叹息道："这小小的麻雀去掉羽毛和骨头，没有半两肉，还不够我一口吞的！"说罢就将小麻雀放走了。

　　又有一只小麻雀飞过来，接着又飞来了几只小麻雀，可鹰看也不看它们一眼。鹰的视线在草丛里搜寻着，试图发现一只野兔什么的，结果什么也没有。鹰已饿得连展翅飞翔的劲儿也没有了，这时它才叹道：

　　"要是刚才不把那些小麻雀放走就好了，有它们垫垫肚子也不会饿得头晕眼花呀！看来，一味贪图大的利益，还不如积少成多啊！"

狂妄的竹子

一场春雨过后，竹子和小草同时从山坡上冒出芽来。可没几天，竹子就呼哧呼哧蹿了老高，而小草才抽出几片嫩叶。

"哈哈！"竹子大笑道，"你们这些小家伙长得也太慢了吧，我们生长在同一片土地上，汲取的是一样的阳光和雨露呀！看我长得快有这棵树高了！"

"是的，你是比我们长得快长得高，但你也一样是草类，不要以为自己长得高就自高自大，自以为了不起！"小草们不亢不卑地说。

"胡说！"竹子大怒，它挺了挺身子高傲地说，"我高可参天，怎能跟你们这些低贱的草类混为一谈呢？"

过了些日子，篾匠走上山来，把那棵高傲的竹子砍倒了。这时，小草探头朝竹子的根部一看，啥都明白了：

"怪不得这家伙如此狂妄，腹中原来是空空的啊！"

望子成虎

猫妈妈决定把两只猫崽培养成勇冠山林的小老虎。

猫妈妈指着一块大石头，命令其中一只小猫："扑上去，那是一头肥大的羊羔！"

结果小猫一头撞在石棱上，脑袋上起了个大包。

"真笨！"猫妈妈生气地斥责道，又命令另一只小猫也学习这种擒拿术。谁知这只小猫也撞在了石头上，痛得眼冒金星。

一天下来，小猫们被折腾得遍体鳞伤。

第二天、第三天……猫妈妈仍强迫小猫按她的计划苦练不止。

转眼，小猫们长大了，遗憾的是它们不但没成为勇敢的小老虎，连最基本的捕鼠本领也没学到。

不切合实际的做法，不但不会取得成效，往往会造成适得其反的结果。

牡丹花和夹竹桃

主人买来两棵花苗，一棵是牡丹花，一棵是夹竹桃。因为牡丹花珍贵，主人就把它栽在花盆里，那棵夹竹桃则被随手栽到墙角处。

风雨来了，主人赶紧把牡丹花搬进屋里，那棵夹竹桃却经受了一番风吹雨打；烈日当空，主人又连忙把牡丹花搬进屋内，那棵夹竹桃在烈日的炙烤下，仍坚强地挺立着。

有一天，主人外出未归。突然间狂风吹来，不一会儿就下起了暴雨。于是牡丹花的花瓣被狂风撕碎了，它嫩弱的枝条也被暴雨折断了。风雨过后，牡丹花见夹竹桃未伤一枝一叶，就不解地问：

"我们遭遇一样的狂风暴雨，我遍体鳞伤，为什么你安然无恙呢？"

夹竹桃抖落了头上的雨珠，意味深长地说：

"这是因为我早已习惯了风雨的洗礼，而你却习惯于生活在温室里的缘故啊！"

黑狗挑战枣红马

赛马场上，万马奔腾，一匹匹骏马风驰电掣般向前飞奔。终于，一匹枣红马率先到达终点，夺得了千里马的桂冠。

赛狗场上，数狗如飞，只见一只黑狗撒开四爪，疯狂地向前飞奔。终于，它率先到达终点，夺得了挂在终点的那块肉骨头。

这天，黑狗找到枣红马，神气地说："你是马群中的英雄，我是狗群中的魁首，现在咱们比试比试，看谁跑得快！"

在狗一再逼迫下，枣红马只得应战。

比赛开始了。黑狗撒开四爪向前奔跑。可转眼间，黑狗还是被枣红马远远地甩在了后边。

"为什么咱俩比起来，我会落后呢？"黑狗有点不服输地问。

枣红马长叹了一声，说道：

"我们马群比的是实力，是为了夺得那无上的荣誉——千里马的称号；你们比赛，却是为了物质——一根肉骨头！而你一旦失去了物质的刺激，你的潜力就不能得到充分的发挥，这就是你现在落后的原因！"

黑狗听了这些话，不由得惭愧地低下了头。

羊的悲剧

狼入羊群，逮谁吃谁，这让群羊非常苦恼。这天，群羊聚在一起，共商御狼之策。

"狼又没长三头六臂，我们为何如此怕它？我们有的是又尖又硬的角，要生存就要跟狼进行无畏的斗争！"

"对，狼来一个，我们上十个；我就不信我们十个敌不过狼一个！"

"羊心齐，泰山移。只要我们齐心协力，同仇敌忾，一定可以战胜狼的！"

……

可就在群羊商讨对付狼的这天夜里，一只狼又钻进了羊群里。群羊被惊醒了，大家都争先恐后地四散逃命，没有一只羊敢挺身而出。

狐狸惜皮

一只狐狸非常喜欢自己那身柔软光滑的皮毛，它整天把皮毛梳理得漂漂亮亮的。一天，这只狐狸夜间到农家偷鸡吃，不幸让主人发现了，它在惊慌中跑进了密密的荆棘丛里，这才躲过农夫的追赶。

"多亏了这片荆棘啊，要不然我定丧命那农夫木棍之下！"说着它就想钻出来，可是一根根荆棘条紧紧缠住了它，越挣扎越缠得结实，那尖尖的荆棘刺深深刺入它的肉里，疼痛难忍。"天哪！再挣来扯去，我这身高贵的皮毛可就成破烂了，还是等天亮再作计议吧！"

谁知天还没大亮，那勤劳的农夫就起床下地锄草，刚巧走过狐狸藏身那片荆棘丛。狐狸想躲已来不及了，农夫发现了它。"原来你躲在这儿呀！这下我老婆可有一件狐皮大衣了！"说罢举起锄头就把狐狸打昏了过去。

当狐狸醒来时，它已被农夫捆得紧紧的扔在了院子里，而农夫正哼着小曲儿霍霍磨刀呢！狐狸的眼泪就下来了，它伤心地说道：

"我顾及这身漂亮的皮毛，没有从荆棘里挣出来，没想到现在皮毛没保住，反而连身家性命也搭了进去。看来顾及一点点微不足道的东西却付出了更大的牺牲真不值啊！"

如此父亲

有个父亲，子女成群。一天，他把子女聚拢膝前，声泪俱下地说："孩子们，我这一辈子是完了！今后你们一定要好好学习，光宗耀祖，可别学我啊！"

子女们纷纷表态，将牢记父亲的教诲。

有一天，这个父亲不知从何处弄来一头牛。孩子们问："父亲，这牛从何而来？""别作声！"父亲小声道，"这是牵人家的，等我把它卖掉留着给你们买吃买喝，你们好好读书去！"

又一日，这个父亲又从外面搞来一箱钞票。孩子们问："父亲，这钱从何而来？"

"别多嘴！"父亲压低嗓音，"这是劫来的，咱先买一处房子，剩下的都留着供你们上大学！"

日月如梭，孩子们长大了，书没读成，都成了社会上的败类：有的坑蒙拐骗，有的杀人放火……

"都是些不争气的家伙！"这个父亲骂道，可他从未想过孩子们堕落的真正原因是什么！

虎王的话

虎王见雄鹰在天空时而直冲云霄，时而在山谷盘旋，就对身边的百兽说："你们看，雄鹰在天空双翅舒展，自由高翔，真似闲庭信步，了不起啊！"虎王一夸奖，百兽也都跟着附和，对雄鹰油然而生敬意，都认为雄鹰本领出众。

一天，虎王见猫头鹰大白天在树上睡觉，就对身边的百兽说："你们瞧，猫头鹰也是鹰吧，可它跟雄鹰一比就差远了。思想懒惰，贪图安逸，该振翅奋发的大好时光却躲在树林里睡大觉！"虎王这一说，大伙都七嘴八舌指责猫头鹰。

猫头鹰被吵醒了，弄清喧闹的原因，它不由得苦笑道："世上最可悲的事情，就是不加分析，把头儿的话当作权威，头儿说什么就是什么，头儿一句话能把你捧上天，一句话也能把你贬入地！"

"不光如此！"啄木鸟插话说，"更可笑的是那些野兽，对虎王的话一味附和，显得无知而又无耻！"

家鹅是这样变成的

池沼里落下来一只白天鹅，许多水鸟见了都不由得啧啧称赞：

"看它的冠子多美丽啊！简直像一颗红宝石！"鸬鹚说。

"瞧它的羽毛多洁白啊！简直像雪花一样！"野鸭说。

"听它的歌声多么嘹亮啊！简直像个女高音歌唱家！"翠鸟说。

"白天鹅的确非常漂亮，它颀长的颈，它红红的脚蹼，它那在水面悠闲划动的姿态，多么高雅，多么迷人啊！怪不得骆宾王还专门为它写了一首赞美诗呢！"水中的鲤鱼也吐着泡泡说。

白天鹅听了大伙的赞美，不由得有点飘飘然了。从此它忘记了展翅高飞，忘记了寒来暑往，整天陶醉在大伙的赞美和羡慕中。于是它的双翅退化了，再也无法重返蓝天里自由飞翔，因此变成了今天的家鹅。

不要相信别人的溢美之辞，华而不实的赞美常会束缚你起飞的翅膀。

小猴的屁股

一只小猴看见其他猴子的屁股都光光的，忍不住笑着指着其中一只说：

"哈哈，看你的屁股，一根毛都没有，真难看！"

它见另一只猴子用屁股在岩石上蹭痒，又忍俊不禁：

"嘻嘻，看你的屁股都蹭得红红的，多丑呀！"

一只老猴忍不住了，跳过来一把扭过那只嘲笑其他猴子的小猴的身子，让它的屁股也冲着大伙，说道：

"不要光瞅人家的屁股，看看你自己的屁股吧！我们这些缺点在你身上同样存在！"

有的人就是这样：两眼光盯着别人的缺点，就是没看到自身的毛病！

小猪种瓜

小猪在田里种了一片西瓜。西瓜甩藤了,小猪就盼着快快开花;藤儿开花了,小猪就盼着快快结瓜;西瓜一天天长大了,小猪嘴角的口水也一天比一天长了。

这天,小猪实在忍不住,就揪下一个碗口大的西瓜。可掰开一看,瓤儿还是白白的,一吃又酸又涩。小猪气得把西瓜一下抛得老远。

过了两天,小猪想,西瓜该熟了吧。想着想着,不由自主又摘下一个;摔开一看,还是白白的瓤儿,还是不能吃,只好又扔了。

又坚持了两天,小猪蹲在西瓜地里,瞅见一个最大的,走过去像个行家似的拍了拍。"熟了,这个一定熟了!"小猪急切地把那个西瓜砸开一看,还是白籽白瓤儿。

就这样,小猪今天摔一个,明天扔一个,一地西瓜差不多让它给糟蹋光了。后来终于到了西瓜成熟的季节,可这时地里只剩下一个又小又瘪的西瓜了。小猪把那个小西瓜摘下掰开,嘿,还真熟了!吃一口,还挺甜的。吃完了那个西瓜,小猪想再去摘,可寻了半天,瓜地里除了被它弄得一片狼藉的瓜藤和烂瓜皮,一个像样的西瓜也找不到了。

老山羊看了看小猪的瓜地,摇了摇头,说:"等不到西瓜成熟就摘,是永远吃不上又大又甜的好西瓜的。干什么事都要有耐心,不能急于求成啊!"

老黄牛和大灰驴

老黄牛和大灰驴是老邻居，它们各有各的一片土地。

这一年，老黄牛深耕细耘，种上了麦子。麦子长出来了，青嫩嫩的，充满了生机。一天，老黄牛发现麦子间生了小草，它就忙着拔草；草拔完了，老黄牛又发现麦苗上生了小虫子，老黄牛又忙着打药灭虫；麦子终于甩穗了，老黄牛看见许多鸟儿来偷麦粒，它又在麦田里竖了几个草人儿，草人儿手上还挥着一个小旗儿，呼啦啦的，鸟儿再也不敢来了。

而大灰驴只是浅浅地把地整了一下，把麦种儿撒到地里它就开始睡大觉。麦田里长草了，麦田里生虫了，它也懒得去拔草去捉虫。

到了收割的时候，老黄牛收获了好多好多新麦，而大灰驴的麦田里的麦子秆儿又矮又细，穗儿又小又瘪，一块田地里只收了半袋麦子。

看到老黄牛收获的一囤麦子，大灰驴羡慕地说：

"老邻居，咱们的田地一样多，咋收的麦子不一样多呀？"

"我们的田地是一样多，但我们付出的汗水不一样多呀！"老黄牛意味深长地说，"谁付出的汗水多谁的收获就多！"

任人唯亲的赤狐

赤狐是一家肉类加工厂的厂长，为了方便管理，它把自己的亲戚都安插在厂里担任要职。财务科长是大姨的儿子——表弟花狐；销售科长是二姑的女儿——表妹银狐；仓库保管员是三舅黑狐……赤狐厂长认为，换上自己的亲戚，谁还敢偷吃偷拿？自己从此就可高枕无忧了。

可是不久，赤狐就接到举报电话，说是财务科长花狐将一百箱"野鸭"牌罐头拖进了自己家。经查实，赤狐厂长很生气，可碍于大姨的情面，只是把花狐轻描淡写地数落几句了事。

又过不久，赤狐又接到举报信，说销售科长银狐私自贪占了二百箱"野猪"牌火腿。经查实，赤狐厂长嘴都气歪了，但看在二姑的面上，也没有深加追究。

不多日，举报信就像雪片一样落满了赤狐厂长的办公桌，都是揭发它任用的花狐、银狐、黑狐肆无忌惮地贪占偷拿的。"这有什么？不就是多吃了些多拿了些吗？反正又都不是外人！"说着赤狐把那些举报信都丢进了废纸篓。

于是没多久，赤狐的肉类加工厂就因经营不善关了门。

公狼的投资

　　公狼看中了森林王国丞相一职，便想投虎王所好给它送上一百只烧鸡、二百只野兔。母狼极不情愿地说：

　　"老公，你把咱的家底都送光了，咱还活不活了？"

　　公狼一笑，说：

　　"你的眼咋变成了耗子眼了！你想想，我要是当上了丞相，这些投资很快不就捞回来了吗？"

　　重礼送上，虎王果然把公狼封为丞相。

　　公狼当上丞相后，它的洞里可就热闹了。今天狐狸送来几只鸡；明天野猪送来几只鸭；后天狗熊又送来几罐蜜……接着公狼今天到这里视察，明天到那里参观，一路上吃个顺嘴流油，回来时还落个盆满钵溢……再后来，谁要想在哪个山头或者在哪片林子当个总管啥的，不给公狼丞相送些鸡鸭之类，你就是白日做梦——妄想。

　　母狼天天守在洞府，看着羊呀鸡呀兔子呀一拨一拨地送到洞里，无限感慨地说：

　　"还是老公有眼光，看看，我们现在的回报早已超出当年的投入了！"

　　可是好景不长。不久，公狼便东窗事发，不仅非法所得被没收，自己也被虎王撤职查办，落个可悲的下场。

　　"别看一时闹得欢，就怕将来拉清单"，那些投机钻营者，可以从这个故事里找到自己的影子。

升上天的纸鹞

纸鹞借风的力量青云直上。身居九霄，纸鹞得意地吟唱道："扶摇太空兮鸟瞰四海，万物尽卑兮唯吾独尊！"

这时一只真正的鹞鹰飞过来，它冲纸鹞说道：

"头脑放清醒些吧！不然的话，会一头摔下去的！"

"哼！你管得着吗？"纸鹞抖了抖翅膀，接着文绉绉地吟唱道，"太空之大兮任吾飞翔，泰山之高兮与吾比肩！"

没想到话音刚落，纸鹞就一头摔了下来。原来风听了纸鹞目空一切的吟唱就给它开了个玩笑，风一停歇，纸鹞就一头摔到了地面。

"目空一切的家伙，注定要摔跟头的！"鹞鹰说罢盘旋而去。

后胎和前胎

自行车丁零零唱着欢快的歌儿向前飞奔。这时，后胎突然冲前胎发起了牢骚：

"我说哥们儿，主人也太偏心眼了！驮人载物这些重活都落在我的身上，压得我身子都瘪了，你倒轻松自在地跑在前面！"

见前胎没说话，车铃丁零零笑着插言道：

"此言差矣！前胎不但能分担重负，更重要的是还掌握着前进的方向呢！"

正说着，几块尖尖的碎玻璃碴儿出现在前方，想刹车来不及了，就见前胎奋不顾身迎了上去，只听"砰"的一声响，前胎爆了，而后胎却安然无恙。后胎这时羞愧极了，因为前胎把自身的安全置之度外，它后胎才得以平安无事啊！

吃桃的传统

老猴继承了一株桃树，桃树上结满了桃子。一天，老猴爬上桃树摘了两个桃子。它把未熟的青桃扔给了小猴，自己则吃那个熟透的红桃。小猴咬了一口青桃，感到又涩又苦，见老猴吃得津津有味，就说：

"爸爸，这青桃不好吃，我想吃你手中的红桃。"

"孩子，我像你这么大时，你爷爷也是让我吃青桃！"老猴边嚼着甜甜的红桃边说。

"那你为啥吃红桃呢？"小猴问。

"这红桃……"老猴搔了一下脑勺才说，"这红桃都是生虫子的，你吃了会肚子痛！当年你爷爷就是这么告诉我的！"

"你吃了那红桃肚子会不会痛呢？"小猴又问。

"少废话！"老猴生气了，"反正当年你爷爷就是这么说这么做的！"

小猴挨了一顿臭骂，只得闷头啃起青桃来。而且它这吃青桃的命运一直延续到老猴死去。

这年桃树又挂满了桃子，那只小猴，不，如今它已成了老猴，也带着它的孩子来摘桃。可巧，树上有一个熟透的红桃，这只啃了一辈子青桃的猴子忍不住摘下那个红桃咬了一口。天啊，它尝到了一辈子都没尝过的桃子的甜蜜滋味，于是它忘情地吃了起来。

"爸爸，我也吃桃！"树下的小猴急得叫着。老猴随爪摘了一个青桃扔下来。

"呸呸！不好吃！"这只小猴叫道，"我要吃那红桃！"

"红桃有虫，你吃了会肚子痛的！"

"你吃了肚子咋不痛？"小猴又问。

"少废话！"这只老猴也生气了，"当年你爷爷和你爷爷的爷爷都是这么说这么做的！记住，这以后，你小子只能吃青桃！"

小猴再也不敢讨红桃吃，于是吃青桃的悲剧又一次上演。

田鼠的悲叹

一只田鼠溜出洞来寻吃的，谁知还没走几步，就被两只利爪抓到了天空。

"你是谁？为何袭击我？"田鼠惊慌地问。

"我是猫头鹰，专门捕捉你们这些糟蹋粮食的坏蛋！"

"我们鼠类真是不幸！"那只田鼠悲叹道，"在人的家里，我们让猫追得无立身之地；在田野中，又遇到你们这样的克星，看来天下没有我们的活路了！"

"作恶多端的家伙，无论到哪里都会受到惩罚的！"猫头鹰说着就把田鼠撕成了碎片。

蠹虫的理由

有个人收藏了许多书，可他整日东溜西逛，就是懒得去读。天长日久，书籍上就积满了灰尘。

一天，这个人心血来潮，信手从书架上抽出一本来。谁知当他掸去灰尘打开一看，好家伙，里面已生满了蠹虫。

见那人抬手欲打，一只蠹虫急忙口吐人语：

"慢着！"

"你还有啥话说的，你们这些损人利己的家伙！"那个人瞪了蠹虫一眼。

那条蠹虫毫无惧色地对那个人说：

"我们在这些书里，整天以书为食，确实把书损坏得不成样子。但话又说回来了，如果你能勤奋地阅读这些书籍，经常翻看它们，而不是把它们当成一种摆设，给你装点门面，我们哪能有机会在这些书里安家落户呀？"

选前选后

森林王国举行兽王大选，根据广大动物公民的意愿，食草动物和食肉动物各推荐一名德高望重的代表担当评委。

老虎为当上百兽之王，就悄悄叩开食草动物代表山羊的门儿，温和地说：

"只要你选举我，将来我一定赐给你一块鲜嫩的草地，够你一辈子享用的！"

山羊见有利可图，就点头答应了。

接着，老虎又来到食肉动物代表狼的洞里，也亲切地说：

"只要你选举我，将来我一定赐你一头肥山羊，够你美餐一顿的！"

狼见有油水可捞，也满口应允了。

经过这样周密的安排，老虎果然在大选中当上了百兽之王。山羊和狼便一前一后走进虎王的洞府讨赏。虎王阴森一笑，对狼说：

"朕赐给你的礼物就在你身边，你自己享用吧！"

山羊看着一步一步逼近的狼，什么都明白了，但什么也都晚了。

牵牛藤和红薯秧

红薯秧旁边长着一棵牵牛花，牵牛花傲慢地对红薯秧说："你敢跟我比一比，看谁的蔓长得快吗？"红薯秧并不理会牵牛花，仍默默地生长着。果然，没几天，牵牛花就超过了红薯秧的长度。

"哈哈，你不行吧！"牵牛花神气地冲红薯秧说，"咱俩再比比，看谁开的花更美吧！"红薯秧还是不搭理它，依旧默默生长着。果然，又没几天，牵牛花上就开出了朵朵喇叭花来。

"哈哈哈，你怎么连花都不会开？"牵牛花更高傲了。这时，红薯秧再也忍不住了，它冲牵牛花说："让我们还是比一比，看谁能结出甘甜的果实吧！"

秋天到了，人们来到田地，收获了一车又一车硕大的红薯；而那棵不可一世的牵牛花，则被人连根拔起抛进了臭水沟里。

相捧与相拆

黄莺听了画眉的歌儿，拍着双翅说：

"妹子，你唱得真美！宛如山泉叮咚，恰似琴瑟和鸣！"

画眉听了黄莺的歌儿，也不住地称赞：

"姐姐，你的歌喉也很甜嘛！听一曲儿如喝了一罐蜜！"

布谷鸟听了就对喜鹊说：

"你看黄莺和画眉，你表扬我我夸奖你，多亲密呀！"

不久，森林里举行音乐大赛，获得"金嗓子"这一殊荣者，不但奖金杯一座，还有一千只毛毛虫的物质奖励。就在这次大赛上，布谷鸟发现了黄莺和画眉之间的另一面——

画眉在台上唱着歌儿，黄莺就在下面对身边的众鸟说：

"你们看画眉那样儿，搔首弄尾的，唱得真肉麻！"

当黄莺尽情歌唱时，画眉在台下指着黄莺对身边的众鸟说：

"看哪，看黄莺那自作多情的样儿，嗲声嗲气的，真让人作呕！"

"怎么会是这样呢？"布谷鸟不解地问喜鹊，"过去它们不是很友好的吗？"

喜鹊摇了摇头，长叹一声道：

"事情往往就是这样：平常喜欢互相吹捧的人，一旦涉及名利的竞争，就会变得互相拆台诋毁！"

缺点和优点

在一次自我剖析大会上，许多动物都直言不讳地说出了自身的缺点。

"我的缺点就是爱站在湖边欣赏自己美丽的角，常常连虎狼来到身边也没发觉！"梅花鹿说。

"我的缺点是与老虎搏斗前，只知一个劲地拔树、搬石头，而不知把力气用在与老虎搏斗上，结果吃了败仗！"狗熊说。

"我的缺点就是遇到强敌时，只知撒腿就跑，跑不掉就把脑袋埋进沙堆里，顾头不顾尾！"鸵鸟说。

……

"叽叽叽，看来只有我完美无缺了！"麻雀听了大家的谈话，大笑了一阵，又问，"难道你们就没有一丁点儿优点吗？"

鸵鸟抖了抖翅膀，郑重地说：

"每个人都有缺点和优点！我们的缺点大家已有目共睹，而我们的优点就是敢于承认自己的缺点！"

麻雀一听，闹个大红脸，忙偷偷地躲到大伙身后去了。

小山羊和老虎

一只老虎风卷残云似的把一只肥大的山羊嚼得皮毛不剩，一扭头，又发现一只小山羊在河边吃草。老虎晃着浑圆的肚子走了过去。小山羊吓坏了。谁料老虎却挺和气地说：

"小家伙，天黑了，快回家吧！小心别让狼叼了去！"

"你、你不吃我吗？"小山羊心惊胆战地问。

"我怎么会吃你呢？你看我像吃你的样子吗？"老虎还是一脸和气。小山羊这才跑回家去。

不久，小山羊又碰见那只老虎。小山羊仍埋头吃草，它以为老虎还会像上次那样不会伤害它。老虎走近了，目露凶光，一把将小山羊扑倒在地。

"大王，你不是不吃我吗？"小山羊挣扎着问。

老虎狞笑道：

"小傻瓜，你以为老虎不爱吃羊肉吗？上次我吃得实在太饱了，才留你多活了几天。现在我正寻不到食物呢，正好拿你充饥！"眨眼工夫，小山羊就成了老虎的腹中之物。

对坏人应时刻保持高度警惕，不能被一时的假象迷惑。

乌鸦的心理

乌鸦、黄莺和金翅鸟同在一个树林里生活。乌鸦左听听黄莺的歌声比自己优美，右看看金翅鸟的羽毛比自己漂亮，它就瞪着红眼珠冲喜鹊说：

"哇，黄莺不就是嗓音好听些嘛，金翅鸟不就羽毛好看些嘛，一个一个都臭美！"

"你怎么能在背后说别人的坏话呢？"喜鹊问。

乌鸦愤恨地说：

"就因有黄莺和金翅鸟的存在，大家才觉得我叫得难听、长得难看！"

"说起好嗓子，百灵鸟才是一流的；要说羽毛漂亮，孔雀的羽毛才是最美丽的；黄莺跟百灵鸟无法相比，金翅鸟与孔雀更不能相提并论！"喜鹊开导乌鸦道。

"百灵鸟和孔雀离我很远，我听不见、看不到，可黄莺和金翅鸟整日在我身边，所以让我听着心烦看着碍眼！"

听了乌鸦的话，喜鹊不由得叹道：

"爱嫉妒的人就是这样：比他强千倍万倍的人，因为远在天边，他并不痛恨；而身边的人哪怕比他强一点点，他就不能容忍。有这种心理真是太不应该啊！"

与众不同的狗

一只狗见众狗都翘着尾巴摇来摇去的，它就想，自己何必要像它们一样翘起尾巴左摇右摆呢？做狗嘛就要做只与众不同的狗，这样才能引起人的重视，说不定待遇也会因此提高。想到此，这只狗就把它的尾巴耷拉了下来。看吧，不论在大街还是小巷，它的尾巴都像一把扫帚似的在身后拖着，就是看见了主人它也不翘起来摇上哪怕一下。

"你怎么了？"几只邻居家的狗围着那只狗，关心地问，"是不是哪儿不舒服？"

"什么？你们看我像不舒服的样子吗？"那只狗气得眼珠子都红了。那些关心它的狗见它凶巴巴的样子，都吓得溜了。

"这狗是不是有病？"几个人看见那只拖着尾巴的狗，也都担心地问。因为健康的狗，它们的尾巴都是高高地翘起、欢快地摇动的。

"可能是有病！"主人说，"要不它的尾巴咋耷拉下来了呢？"

"要真有病，咱可得防着点，别让它咬了一口，落个狂犬病！"又一个人担心地说。

主人也紧张起来，为防不测，他赶紧把那只狗捆起来送进了狗肉馆里。

那只狗在被屠杀之际，才流下了懊悔的眼泪：

"盲目的标新立异有啥好呢，现在落个被宰杀的下场，真是咎由自取！"

狐狸的策略

老丞相千里马不幸病逝。国不可一日无相，虎王打算从骆驼和狐狸中选出一个来继承相位。狐狸早就对丞相一职垂涎已久，它便找到虎王的亲信——狼，神秘地说：

"老兄，骆驼经常在百兽中散布谣言，说虎王凶残成性，专门撕食兔子呀山羊呀等弱小臣民，简直是个暴君！"

狼一听，大怒：

"这还了得，骆驼是活得不耐烦了！"

狐狸忙假意阻拦道：

"老兄息怒，这事你千万别跟虎王说；要不，虎王追究起来，可就麻烦了！"

果然没多久，骆驼便被远调到沙漠地区去开荒，而狐狸则被虎王委任为兽国丞相。

这件事提醒我们，要时刻提防身边的小人。

爱打"小报告"的麻雀

麻雀总爱在鸟王凤凰面前说其他鸟儿的坏话。一天，它见啄木鸟在树干上敲来啄去，就飞到凤凰面前，叽叽喳喳地说：

"陛下，啄木鸟经常在森林里搞破坏，好端端的树干让它啄得千疮百孔！"

又一天，麻雀见猫头鹰大白天在树上打盹，它又飞到凤凰面前，叽叽喳喳地说：

"陛下，大家都在忙着捉害虫，猫头鹰却躲在一边睡大觉哩！"

针对麻雀反映的问题，凤凰经过细致的观察，发现啄木鸟在树干上敲来啄去是在为树木治病，捉出在树干里搞破坏的蛀虫；而猫头鹰大白天打盹是在养精蓄锐，好夜间加班加点出来捕捉干坏事的田鼠。摸清事情的真相，凤凰无限感慨地说：

"看来，凡事都要经过一番客观的调查和分析，而不能盲目听信别人的一面之词；若不然，就会犯主观臆断、冤枉好人的错误！"

蜘蛛和壁虎

一天，蜘蛛正巧遇见壁虎。它俩都以捕虫为业，于是便切磋起捕虫经验来。

蜘蛛说："论起捕虫，应以静守为佳。看见飞虫触到网上，就用丝将其捆绑，飞虫即插翅难逃矣！"

壁虎说："说起捉虫，我认为不能死守，还应该主动些好。发现飞虫就果断出击，一张嘴那飞虫便成口中之物了！"

"静守好！"蜘蛛说。

"主动好！"壁虎说。

正争个不休，蜻蜓飞过来劝道：

"捕捉飞虫是我们的职责，不论静守还是主动，都各有所长，不可厚此薄彼。你俩还是少些无聊的争吵，而去多做些捕捉害虫的具体事吧！"

杜鹃和喜鹊

又到产卵育雏时，喜鹊便忙着衔柴搭巢。她把小树枝一根一根搭在大杨树上，很快就筑好了一个巢。她见杜鹃还在东溜西逛，就说：

"妹妹，别贪玩了！快筑个巢把蛋宝宝生下来孵出来吧！"

"搭巢还不容易，你搭巢的过程我全看到了，不就一根接一根搭树枝嘛！"说着就去找树枝。谁知她搭一根掉一根，搭两根掉一双，忙了大半天，连巢的影子也没搭成。

"怎么看起来挺简单的事，做起来这么难呀！"杜鹃叹息着问喜鹊。

"搭巢不能光看，还要多练；多练才可熟能生巧，才能把巢建好。不光搭巢如此，做任何事都是这样！"

可杜鹃对喜鹊的话咋也听不进。"多练多练，这多麻烦！"于是她瞅喜鹊不注意，就把蛋偷偷下到喜鹊的巢里。直到今天，杜鹃还不会搭巢，只会把蛋偷偷下在别的鸟儿巢里，让人家替她抚养宝宝，她则到处"布谷布谷"地唱着歌儿闲逛。

自夸的青蛙

蟾蜍和青蛙都是捉害虫的行家。蟾蜍整日默默地工作着，而青蛙却好自吹自擂。这天，青蛙捉了几个小虫子，就又吹嘘起来：

"呱呱呱，捉害虫，保庄稼；呱呱呱，论功劳，我最大……"

蟾蜍听了就劝道：

"老弟，常言说：'别人夸一枝花，自己夸烂冬瓜！'你还是谦虚点儿吧！"

"就你多嘴！"青蛙气鼓鼓地说，"看你那一身疙疙瘩瘩的丑模样，配教训我吗？"

蜻蜓见青蛙如此无礼，就飞过来对蟾蜍说：

"你别跟它斗嘴了，因为自命不凡的家伙是听不进别人的良言劝告的！"

不愿干小事的驴

主人让驴把一车肥料送到田间去，驴摇摇头说："我才不干这芝麻粒大的小事呢！要干就干大事。让我换下千里马去送信吧！"可巧这天千里马的一只蹄子出了毛病，主人便把一封十万火急的信交给了驴。驴踏上驿路没跑多远，就累得呼呼直喘。"看来送信也不是轻松的事！"驴嘟哝着就放慢了脚步。等把信送到时，事早耽误了。

主人让驴去磨面，驴摆摆尾巴说："又让我干这鸡毛蒜皮的小事，老牛被评为劳动模范，不就会拉犁吗？我要是去耕田，绝不比老牛逊色！"主人正好有一块田要翻，便赶着驴来到了田间。驴拉着犁铧没走几步就支撑不住了。"看来犁地也不是省力的活儿！"驴想着想着就松下劲来。

主人见驴拖拖沓沓的，气得挥了它一鞭子，说道：

"小事你不干，大事你又干不了，还挑三拣四的，看来只有把你送到屠户那里去了！"

两株树苗的结局

一株灌木苗与一株杨树苗成了邻居。灌木苗看身边那些又高又粗的杨树被一棵接一棵地伐去，就很担忧地对杨树苗说：

"真可怕，等我们长高了长粗了，却让人砍倒了！长高长粗还有啥意义呢？"

"这才是我们树木长大的真正意义啊！"杨树苗说，"我们树苗从小就要立下参天之志，将来才能成为栋梁之材！"

"我可不这么想！"灌木苗缩头缩脑地说。

过了几年，杨树苗长成了一棵大树，伐去做了房梁；而灌木苗却长得又歪又矮，什么也不能做，人们便把它砍掉扔进了锅底的炉灶。

不同的志向，就有不同的结局。

挑刺的钢针

手指上扎进了一个尖刺，钢针赶紧过来帮手指挑。钢针一下一下在那个扎有刺的地方拨来挑去，手指痛得受不住了，就气呼呼地说：

"你这该死的钢针，你怎么不顾及一点我的感受呢？你这么尖苛，我怎么受得了呀！"

"朋友，要把你内部的刺儿挑出来，你就要忍受点儿痛苦！"说着钢针又向那个有刺的部位狠狠挑去。

同样，不虚心接受别人近乎苛刻的劝告或挑剔，就难以改掉自身的缺点或毛病。

虎王照相

作为森林之王，虎王还没照过一次相呢！这天，它心血来潮，召见森林王国中的摄影专家梅花鹿给它照相。过两天相片冲洗出来了，虎王拿在爪中瞅了一眼，不由得大怒："该死的瘟鹿，你看这是我吗？相片上的虎咋这么小，一点威风都没有，简直像个小猫咪！你是蔑视本王吗？"说着就扭下了梅花鹿的脑袋。

不久，虎王又召见摄影家狐狸给它照相。狐狸哪敢怠慢，它又把虎王的相片扩大了一千倍，比虎王本身还大得多。只见相片上的虎王爪踏岩石昂首长啸，要多威风有多威风。狐狸又给虎王的相片装上精美的镜框，这才让几个小狐狸抬着献给了虎王。虎王一见，大喜，忙下旨封狐狸为森林王国的摄影大师，并赐野兔百只。

森林王国中的许多摄影家闻之都来给狐狸道贺，其中一位还问：

"狐兄，梅花鹿因给虎王照相被处死，而你却得到虎王的奖赏，其中的原因是什么呢？"

狐狸边嚼着虎王奖励的野兔边得意地说：

"很多人都是喜欢被浮夸的，我们动物也不例外。我就是抓住虎王这种好高自大的心理才赢得它的欢心，并得到它的赏赐的！"

枣红马·白马·花马

白马冲枣红马说：

"看你的毛色多像随关羽南征北战、抢关夺隘、千里走单骑的赤兔马啊！"

枣红马也冲白马说：

"看你的毛色多像驮唐僧闯火焰山、越狮驼岭、上西天取经的白龙马啊！"

两马正你一言我一语说得津津有味，花马走过来说道：

"是呀！你们一个像赤兔马，一个像白龙马，但这有啥值得夸耀的呢！如果你们真的身临沙场或险山恶水之中，你们有赤兔马和白龙马那种英勇气概吗？"

"你、你……"枣红马和白马结结巴巴说不出话来。

"唉，还是多经受一番考验，去干出一番事业来吧！自己给自己抹粉或相互吹捧，是永远得不到大家的赞许的！"花马说完就踏上了千里征程。

怕的不是你

黑猫凭着溜须拍马而得到虎王的提拔，负责管理子虚山上的那片乌有林。黑猫赴任伊始，即召集乌有林里的所有鸟兽开了个会。

"从今以后，这片林子就由我来管！我让你们干什么，你们就要干什么！违者，我立即报告虎王，严惩不贷！"

百鸟百兽一个一个都唯唯诺诺地听从黑猫的安排。

"猫头鹰！"黑猫叫道。

"在！"猫头鹰忙飞上前去。

"从今天开始，你每天要给我送来三只肥嫩的老鼠！"

"是！"猫头鹰答应道。

"鸬鹚！"黑猫又叫道。

"在！"鸬鹚忙跑上前去。

"从今天开始，你每天要给我送来五条鲜活的大鱼！"

"是！"鸬鹚点头应道。

……

忽一日，虎王下了台，狮子当了森林大王。黑猫的日子再也不好过了。不是今天猫头鹰没按时送来老鼠，就是明天鸬鹚忘了送来鲜鱼……黑猫气得吹胡子瞪眼睛，招来林子里的鸟兽，它喵喵着骂道：

"你们为何不按时给我送来食物，难道不怕我治你们的罪吗？"

"怕你？"猫头鹰飞过来道，"你以为我们过去忍气吞声是怕你吗？

我们是怕给你撑腰的老虎啊！"

"是呀！"鸬鹚也大模大样地说，"论捕鼠，猫头鹰并不比你逊色；论爬树，你也不比猴子强！你有啥能力？不就与老虎有点远亲吗！现在老虎已倒霉了，你以为现在还像过去——我们那么怕你呀！"

黑猫听了大家的话，竟一时愣在那里，不知该如何是好……

不愿"体检"的柳树

"杨树大伯，该给您体检了！"啄木鸟落到杨树枝上，唤醒了正在酣睡的老杨树。

"噢，又要麻烦你了！"老杨树感激地说。

"这是我应该做的！"啄木鸟说着就"笃笃笃"地忙着给老杨树"听诊"。

"杨树大伯，您的身体真壮实，没什么毛病！"于是啄木鸟就告别老杨树，又一棵接一棵给其他树木"体检"去了。谁知当它飞到池塘边，正想给柳树小姐"体检"时，却遭到了拒绝。

"去去去！"柳树小姐不耐烦地说，"没看到我正对着镜子梳妆吗？"

"我要给你检查检查，看你体内有没有虫子！"

"我身干苗条美丽，我的秀发随风飘舞，怎么会有虫子？快点滚开，别在这里烦我！"柳树小姐挥枝赶走了啄木鸟。

啄木鸟只得飞走了。可没过多久，柳树小姐就感到身上不舒服，原来她的体内已生了许多蛀虫。又没过多久，柳叶变黄了，柳枝变枯了，柳树小姐过早地衰老了。

不听劝告的鸵鸟

春天，燕子找到鸵鸟，对它说：

"姐姐，让我们展翅飞上蓝天吧！"

"地上有碧草清泉，蓝天里空荡荡的，有啥意思！"鸵鸟依然在地上跑来跑去。

夏天，喜鹊来邀请鸵鸟：

"姐姐，让我们到蓝天里奋飞吧！"

"地上有绿荫纳凉，我可不到蓝天里遭太阳晒！"鸵鸟还是悠闲地在林间踱来踱去。

秋天，白鸽劝导鸵鸟：

"姐姐，让我们一起到蓝天里与白云共舞吧！"

"地上有酥梨蜜枣，蓝天里有吗？"鸵鸟说完，便神气地钻进了果园里。

冬天，雄鹰唤醒鸵鸟：

"振作起精神来，让我们去自由翱翔吧！"

"地上有我温暖的巢，我可不想飞到天上活受罪！"鸵鸟白了雄鹰一眼，又把头埋进翅膀里呼呼地睡去了。

就这样过了一年又一年，鸵鸟因贪恋地上的安逸生活，身体逐渐肥胖起来，结果变得又庞大又笨重，想飞也飞不上蓝天了。

假龙真龙

一条蟒蛇成了精，它变成一条金龙在人间作恶。今天腾云到东村打劫两头耕牛，明天到西村吞食几只小羊。人们谈龙色变，愤恨之余，大家一起把敬拜龙的庙宇拆毁了，把家中绘有龙的图案的器物砸了，甚至连绣有龙的衣服也都烧了。

天上的真龙听到这个消息，赶紧驾云来到人间。人们一看龙又来了，都吓得关门闭户，各拿刀枪准备与龙拼死一斗。正在这时，真龙突然看到西天中腾起一团黑云，一条跟它一模一样的金龙正张牙舞爪地向一头受惊奔逃的耕牛扑去。真龙腾空而起，一摆尾就拦住了那条正欲吞食耕牛的金龙。

"你是何方孽畜？竟敢冒充我来残害生灵！"真龙大喝一声。金龙一愣，见是真龙现身，顿时扭身就逃。

"哪里走！"只听一声霹雳，那金龙便被打落尘埃。又连着几声霹雳，那金龙在地上滚了几滚，就现了原形。

人们这时都打开了房门，走过来一看，那被雷击死的竟是一条水桶般粗细的大蟒蛇。大家望着半空中点头摆尾向人们道别的真龙，都感动得热泪盈眶。一位老大爷捋着白胡子说：

"假的东西即使猖狂一时，而一旦真的出现，它就会原形毕露，且会受到最严厉的惩罚！"

蝙蝠和猫头鹰

夜幕降临，猫头鹰又精神抖擞地披着夜色上班了。突然，它看见空中有一只"飞鼠"，就闪电般地扑了上去。

"你是谁？你想干什么？"那只"飞鼠"躲开猫头鹰的利爪，大声问。

"我是猫头鹰，专门捉你们这些糟蹋庄稼的鼠类！"

"我可不是老鼠，我是蝙蝠！我的职责是捕捉害虫，从不偷人的粮食！"

"那你怎么跟老鼠如此相似？就多一对会飞的翅膀！"

"唉，就因为我们看上去跟老鼠有点相似，有的人才误以为我们是老鼠变的。其实我们与老鼠一点亲缘关系都没有！"

"真对不起，我错怪你了。"猫头鹰不好意思地说。

"你不也常受人误解和非议吗？都说你叫得难听，是不吉利的鸟。其实你夜夜为人捕鼠除害，工作多辛苦、贡献多大啊！"

听了蝙蝠的肺腑之言，猫头鹰不由得叹道：

"功过任人评说吧！只要咱们一心扑在工作上，也就没工夫去计较别人的非议了！"

评美大赛

群鸟在森林里举行评美大赛。

百灵鸟飞上枝头唱起歌来，它的歌声是那么清脆美妙，立刻引起评委们的赞赏。孔雀来到草坪中间，它展开大大的尾屏，哇，一面绚丽的彩扇令众评委赞不绝口。

这时，一只乌鸦飞入大家的视线，它没有炫耀自己，而是飞到一株树上，把衔来的食物一口一口喂给羽毛光秃的老乌鸦。它喂得那么专注，令所有的鸟儿都为之动容。

"多么感人啊！"评委们不约而同地说，"我们应打破旧的框框，把今年荣誉的桂冠奖给乌鸦！"

"乌鸦的歌声有我的甜美吗？"百灵鸟提出抗议。

"乌鸦的羽毛有我的漂亮吗？"孔雀也表示不满。

"你们的美在外表，而乌鸦的美在心灵。试问，你们有乌鸦这种尊老敬老的美德吗？"一个评委说。

"是的，以后我们不能再以貌取人了！"又一个评委说。

听了评委们的话，百灵鸟和孔雀不由得低下了脑袋。

马驹妈妈和驴驹妈妈

马驹的妈妈找到驴驹的妈妈，说：

"让孩子们出门锻炼一下身骨吧！要不，长大后怎能有所作为呢？"

"不！"驴驹的妈妈说，"要是我的孩子在外面摔着磕着怎么办？我宁愿让孩子平平安安待在家里，也不让它到外面哪怕逛一逛。"

马驹的妈妈见再劝无用，只得让自己的孩子单独去锻炼。在以后的日子，马驹多次摔伤鼻脸，多次扭伤四蹄，但马驹的妈妈还是鼓励马驹勇敢地向前，坚持不懈。

光阴荏苒。马驹长大了，日行千里，夜行八百，成为举世闻名的千里马；而驴驹在妈妈的"呵护"下，长大后懒得出奇，鞭子抽到身上还不思进取哩，更别说自觉奋蹄了。

"看看马驹，再看看我的驴驹，"驴驹妈妈痛心地说，"这都是溺爱害了孩子呀！"

两座楼房

有两座楼房同时拔地而起，一座外面贴有洁白的瓷砖，另一座没加一点装饰。来往的行人看到贴瓷砖的楼房就赞不绝口，而对另一座则不屑一顾。久而久之，那贴瓷砖的楼房就扬扬自得起来，经常奚落那座外表粗糙的邻居。

一日，那座没贴瓷砖的楼房向路旁的老梧桐道出了内心的苦衷：

"为什么人们那么喜欢贴瓷砖的楼房而讨厌我呢？"

老梧桐把它俩上上下下打量一番，才叹息着说：

"你不被人重视，归根结底是因为你没贴上光滑的瓷砖，缺少那华丽的外表啊！"

虎王的态度

一日，狼有私事求见虎王。虎王见狼两爪空空，就脸色一沉，假装不认识它，问道：

"狗爱卿，见朕何事？"

狼一愣，忙对虎王说：

"大王，臣是狼，不是狗！"

"胡说，你这狗东西竟敢与朕顶嘴！难道朕看不出吗？我说你是狗，你就是狗！"虎王大吼一声，就把狼轰了出去。

在下山的路上，狼碰见了狐狸，它便把自己见虎王的经过告诉了狐狸。狐狸干笑几声，而后附在狼耳边如此这般叮嘱了几句。

虎王正想打个盹，狼这时又跨进了洞府。与上次不同的是，这次狼的口中叼了一只肥大的山羊。

虎王一见大喜，亲切地说：

"狼爱卿，上次是朕跟你开个小小的玩笑，不要往心里去。你有事速讲，朕定给你批准！"

狼见虎王态度果然好转，不由得暗暗佩服还是狐狸见多识广。

两只狗熊

黑狗熊和灰狗熊是邻居，两家关系非常亲密，谁家有了危险，另一家就鼎力相助。

一天，金钱豹溜进了黑狗熊家想叼一只熊崽当早餐。黑狗熊发觉了，就拼命与金钱豹斗起来。灰狗熊听见了呼救声及时赶来与黑狗熊并肩作战，终于把金钱豹赶跑了。黑狗熊的熊崽因此幸免于难。

又一天，金钱豹钻进了灰狗熊的家想叼一只熊崽当晚饭。正当灰狗熊节节败退时，黑狗熊及时赶来了，它俩合力将金钱豹打得落荒而逃。灰狗熊的熊崽也安然无恙。

"看，团结就能保平安啊！"两只狗熊不由得感慨起来。

后来，不知什么原因，两家闹僵了。

一天，金钱豹溜进了黑狗熊家，想再一次打劫。黑狗熊眼看斗不过金钱豹，就大声喊："救命啊，灰大哥快来帮我！"可灰狗熊理也不理，它仰躺在草地上，假装打起呼噜来。黑狗熊被金钱豹咬得遍体鳞伤，最后只好眼睁睁地看着金钱豹叼着一只熊崽扬长而去。

不久，金钱豹窜进灰狗熊家里，灰狗熊扑上来就与金钱豹撕成一团。可单打独斗，灰狗熊也不是金钱豹的对手，它只好向黑狗熊求救。"哼，我家有难时你不出手相救，现在想叫我帮你——没门！"黑狗熊说罢也抱起脑袋打起了呼噜。最后灰狗熊精疲力竭地倒在地上，它含着泪看着金钱豹把自己的孩子叼走了。

"唉，分裂就要遭厄运啊！"两只狗熊都在心里哀叹着。

受"束缚"的鱼鹰

渔人驾船赶着几只鱼鹰在河里捉鱼。鱼鹰叼到鱼就吞进喉里,但却怎么也咽不下去,只好鼓着喉囊游到渔船边。渔人便用竹竿把鱼鹰从水里挑起来,抓住鱼鹰的脖子,把鱼从鱼鹰的喉咙里挤出来丢到舱里,而后又把鱼鹰甩进水里,让它们继续捉鱼。

一只鸭子看了半天,终于看出了门道。原来那些鱼鹰把鱼儿吞到喉咙里之所以咽不下去,是因为鱼鹰的脖子上被系了一根绳子。它感到奇怪,就游过去问渔人:

"老人家,你在鱼鹰的脖子上系一根绳子有什么用呢?"

"用处可大了!"渔人笑着说,"凡事都得有个管束!比如鱼鹰吧,要是没有这道绳子严加束缚,这些贪嘴的家伙捉到鱼后就会吞进自己的腹中了啊!"

大树的"关怀"

大树下长出了一棵小树。

烈日当空，大树忙伸展开茂密的枝叶遮挡住似火的骄阳。

"爷爷，给我一点阳光吧！"小树哀求道。

"孩子，阳光会把你娇嫩的叶片烤焦的！"大树拒绝了小树的哀求。

风雨突至，大树又慌忙用身干挡住狂风暴雨。

"爷爷，让我经受一番风雨的吹打吧！"小树又哀求道。

"孩子，风雨会摧折你孱弱的枝干的！"大树又一次拒绝了小树的哀求。

一天天过去了，一月月过去了，大树始终用自己的胸怀遮挡着阳光雨露。谁知，在大树的"关怀"下，小树不但没有长高长粗，反而变得又细又矮、东倒西歪。

"这是为什么？"大树有点糊涂了，"难道是我关心的不够吗？"

"恰恰相反！"一只啄木鸟把话接过来说，"正是你的'关怀'害了小树，使它长成现在的模样啊！"

牛和蜗牛

远古时，牛和蜗牛是一母同胞的弟兄。那时牛也没有现在庞大，蜗牛也不是现在渺小的样子。那时它俩经常在一起谈论各自的未来。

牛说：

"将来我一定把自己的力量献给人们，就是耕田耙地我也不后悔，就是人给我吃糠皮秸秆我也不埋怨！"

"我可不能像你！"蜗牛说，"将来我决不为人出一点力气，有空我舒舒服服地睡大觉呢！"

牛又说：

"至于避风遮雨处，只要人给我搭个窝棚也就够了。日升而作，日落而息，我勤勤恳恳、任劳任怨！"

"天啊，我更不能学你这样！"蜗牛又道，"将来我只要一个既能作房屋又能当床铺的外壳就行了，走到哪儿我就背到哪儿！"

星移斗转，就这样千秋万代匆匆而过。牛始终如一履行自己的诺言，吃秸草住窝棚耕田耙地，于是身体越变越壮实越庞大；而蜗牛因贪图安逸，就变成了现在的模样。

可见，不同的理想便造就不同的人生啊！

蒲公英和肥皂泡

一个小姑娘在小河边洗衣裳，溅起许多肥皂泡。一个大大的肥皂泡飞上河堤，正巧遇见一朵随风飘舞的蒲公英。因为身体轻盈，肥皂泡紧赶几步追上蒲公英，问道：

"喂，你这毛茸茸的小东西，叫什么名字？"

蒲公英扭头一看是肥皂泡，就说：

"我叫蒲公英！"

肥皂泡笑了，说："你就是人们常说的自己没有主见，随风到处飘来飘去的蒲公英呀？"

"是呀！"蒲公英坦然地说，"你不是跟我一样，也是随风飘来飘去吗？"

"胡说！我咋能跟你一样呢？看，我不但晶莹透明，太阳一照，还闪着七色光彩，要比你美丽多了！"肥皂泡得意地说。

"是啊！"蒲公英又说，"你是比我美丽，可你毕竟是一个肥皂泡呀！"

"你……"肥皂泡话没说完，就不小心碰在一个小树枝上，啪的一声不见了。

"看！"蒲公英说，"越是自以为了不起的家伙越经不起一点打击！"说罢，它就在堤岸上扎下根去，不几天就拱出一抹绿色装点着大地。

狼的妙计

狼想尝尝牛肉的滋味，可又怕牛尖锐的角会挑破它的肚皮。狼左想右想，便心生一计。它来到黑牛跟前，神秘地说：

"黑牛大哥，有人说你耕田时偷懒，而一吃草就抢料哩！"

"哞——"黑牛气得一声大叫，"谁敢如此说老子？"

"除了黄牛还能有谁？"狼俯在黑牛耳边说。黑牛气呼呼地就去找黄牛算账。

狼又忙找到黄牛，也神秘地说：

"黄牛大哥，有人说你耕田时偷懒，而一吃草就抢料哩！"

"哞——"黄牛也气得大叫一声，"是谁这样大胆？"

"除了黑牛还能有谁？"狼也俯在黄牛耳边说。黄牛也气呼呼地去寻黑牛评理。

半路上，黑牛和黄牛相遇了，二牛也不搭话，举角就战。好一场恶斗，直斗得尘土飞扬、日月无光；直斗得两牛头破角折、遍体鳞伤。最后两牛筋疲力尽地倒在了地上。

这时，狼从树林里走了出来，不费吹灰之力就咬断了黑牛和黄牛的脖子。

争瓶子

乌鸦和狗熊发现地上有个瓶子，它俩都想占为己有，便争了起来。

"我想用它盛水喝！"乌鸦说。

"我要用它储存蜂蜜！"狗熊说。

结果它俩争得唾沫飞溅，仍不相让。

"别争了！"喜鹊过来主持公道，"你们抓阄算了！我写两个纸阄，一个上写'yes'，一个上写'no'；你们谁抓到'yes'，瓶子就归谁；谁抓到'no'，谁就不能要！"

乌鸦和狗熊都点头同意。

喜鹊把写好的两个纸团抛在地上，乌鸦和狗熊就抢了起来。各自打开，乌鸦的是'yes'，狗熊的是'no'。乌鸦高兴地飞过去就要拿瓶子。狗熊气坏了，三步并作两步奔上来，抓起瓶子朝石头上猛的一下摔成了八瓣。

"我不管定的什么规矩，反正我得不到的东西，别人也休想得到！"说罢，狗熊大模大样地走了。

规则制定了就要遵守执行，否则就是不讲诚信的无赖。人无信不立——不讲诚信的人，谁都看不起。

比赛

一天，树林里传来一阵阵吵闹。大家一看，原来是兔子、刺猬和猴子正吵得不可开交，它们都夸自己的本领大。

大象伯伯说："算了算了，你们就别吵了，这样吵到天黑也分不出高低来，干脆你们当着大家的面比一比，看到底是谁比谁强！"

"比就比，我还怕你不成！"猴子冲刺猬说。

"比就比，难道我还怕你！"刺猬冲猴子说。

"比就比，咱们谁怕谁呀！"兔子也大声说。

大象伯伯见它们互不相让，就问："你们比什么呢？"

兔子说："要比就比赛跑步！谁跑得快谁的本领就大！"

"赛跑就赛跑！"猴子和刺猬异口同声地说。

"好吧！"大象伯伯说，"那我就当一回裁判。"说着，大象伯伯就用长鼻子拿起一根木棒在地上划了一道起跑线。

"预备——跑！"大象伯伯发出了号令。

不跑不知道，一跑，刺猬和猴子才发现，它们根本就不是兔子的对手。它俩还没跑几步呢，兔子已跑到终点了。

"我赢了！"兔子高兴得跳了起来，"我的本领最大！"

"不算不算！"刺猬和猴子都说。

大象伯伯就问猴子："那你说比什么才算数？"

"要比就比爬树，谁爬得高谁的本领就大！"猴子说。

还没等大象伯伯发话，兔子和刺猬就大声说："比就比，我们还怕你不成！"

大象伯伯只好又发出了号令："预备——爬！"

不爬不知道，一爬，兔子和刺猬才发现，它们俩根本就没法跟猴子比。猴子噌噌就爬到了树梢，可它俩手忙脚乱，累得呼哧呼哧直喘也爬不上去。

"我赢了！"猴子高兴得直翻跟头，"还是我的本领高！"

"不算不算！"兔子和刺猬一起说。

"真拿你们没办法！"大象伯伯说着又问刺猬，"你说比什么才算数？"

刺猬往远处一指，对大象伯伯说："那边有一棵大枣树，上面结满了红红的枣子，大象伯伯，请你把红枣都摇落地上，我们比一比看谁拾的红枣多，谁拾得又快又多，谁的本领就大！"

大象伯伯还未表态，兔子和猴子就抢着说："比就比，这可难不了我们！"

大象伯伯没办法，只好领着它们来到那棵枣树边，它用又粗又长的鼻子卷住枣树的身干，哗哗地摇起来。那些红红的枣子就噼里啪啦地落了一地。

大象伯伯见兔子、猴子和刺猬都拉开架势准备好了，只好发出号令："预备——开始！"

不捡不知道，一捡，兔子和猴子才发现，它俩根本就没有刺猬有办法，只见刺猬往地上一躺，左滚几下，右滚几下，等翻过身一看，嗬，刺猬的背上已满是红红的枣子；而兔子和猴子是捡了掉，掉了捡，就是捡不多。

"我赢了！"刺猬兴奋极了，"还是我的本领最大！"

这时，大象伯伯就把兔子、猴子和刺猬叫到跟前，意味深长地对它们说："你们三个相比，兔子擅跑，猴子擅爬，刺猬也有一身独特的本领！但你们不能只看到自己的长处，老拿自己的长处比别人的短处，这样谁也不会服谁的气！你们要记住，不论何时何地，都要保持清醒的头脑，既要看到自己的长处，也要看清自己的不足，只有这样才会有一副谦虚和宽容的胸怀，才不会骄傲自大啊！"

大象伯伯的话，说得非常有理。兔子、刺猬和猴子听了都低下了头，再也不争吵了……

上帝的夸奖

漆匠在给一件新制成的木器喷漆。他一遍又一遍地用砂纸打磨木器，打磨几下，就用嘴吹几下，再用手摸几下，竭力把所有的毛糙部位磨平。

上帝从此经过，就走到他的身后，说道："师傅，你何必这么认真呀？又没有人监督你！"

"这与有没有人监督无关。"漆匠头也不回地答道，"只有将木器打磨光滑了，才能喷漆均匀，才能保证油漆经久不剥落。"

上帝劝道："你在一件木器上花费这么多的功夫，太不划算了。我看你打磨几下就上漆也是可以的，如此一来，你就可以多干几件活、多挣一些钱了。"

"那怎么行呢？"漆匠不以为然地说，"如果我按照您说的做了，也许现在可以多喷几件木器、多挣一点儿钱，但用不了多久，这些漆器就会油漆脱落，我的名誉也就毁了；那以后还有谁再相信我、还有谁再找我干活？"

"你真是个好漆匠！"上帝竖起大拇指夸奖说，"你干活这样诚实，相信你的口碑会越来越好，会越来越受大家欢迎！"

果然，正如上帝所言，这位漆匠后来成了远近闻名的高级漆匠师，成了木器店老板争相高薪聘请的对象。

后悔的灰鸭

"灰鸭绒被顶呱呱，
货真价实人人夸。
三九隆冬不用怕，
御寒保暖全靠它。"

灰鸭在月牙湖边开了一家羽绒被加工厂，它的广告词朗朗上口，很快招徕了好多顾客。

"灰鸭老板，你这羽绒被真是羽绒做的吗？"小松鼠问。

"如果是真的，我买三件，一件送给我爸爸妈妈，一件送给我爷爷奶奶，一件送给我自己。"小熊说。

"百分之百的羽绒，你要是不信，可以现场打开看看。"灰鸭拍着胸脯说。

小刺猬说："让我来打开吧。"说着，它用身上的尖刺儿一划，一件羽绒被就被划开了。大家围上来一看，果然都是羽绒，摸上去，柔柔软软的，很暖和。

于是大家争相购买，你一件它两件……不一会儿，就卖出很多件。摸着快被撑破的钱包，灰鸭兴奋得呱呱直叫。

因为有了"呱呱叫"牌羽绒被，大家都暖暖和和地度过了寒冷的冬天。

第二年，大家便提前订购羽绒被。灰鸭连忙四处采购原料。可是订单太多，羽绒不够用，这可急坏了灰鸭。一天，它愁眉苦脸地在月牙湖边走来走去，想着解决羽绒的办法。一抬头，看见湖边的芦苇在秋风中起伏荡漾，那雪白的芦絮让灰鸭老板计上心来。很快，那些芦絮都不见了。而灰鸭老板的"呱呱叫"牌羽绒被如期上市，并很快销售一空。

可这个冬天，大家感到新买的羽绒被没有去年的柔软、暖和。大家哆哆嗦嗦地缩成一团，好容易熬过漫长的冬季。小刺猬第一个醒来了，它掀开身上的羽绒被，用刺儿划开一看，里面竟然全是芦絮。"怪不得一点都不暖和，原来装的都是这些东西啊！"小刺猬恍然大悟。

小刺猬又跑到小熊、小松鼠还有其他小动物家，划开它们的羽绒被一看，全都是芦絮。大家气愤极了，一起来到灰鸭的羽绒被加工厂，吵吵嚷嚷，让灰鸭给个交代。灰鸭知道事情败露了，吓得路都走不稳了，一歪一倒地走出来，一个劲地赔不是，直到把钱如数退还大家才算罢休。

> "黑心萝卜黑心姜，
> 灰鸭也有黑心肠；
> 美其名曰羽绒被，
> 里面全是芦絮装。
> 盖在身上不顶事，
> 冬眠几乎都冻僵；
> 无良灰鸭失诚信，
> 毁了厂子臭名扬！"

听着外面传唱的歌谣，看着厂内堆积的芦絮被，灰鸭不由得后悔地说道："一念之差，竟落个如此下场！不光败了声誉，还关了厂子。——失掉了诚信，想东山再起，可不是件容易事啊！"

贪心的黑驴

黑驴开了一家磨坊，很多动物带着粮食前来加工。

黑驴很热情，请它们排好队后，准备拉磨。

"小马呀，只有晒干了的麦子才能磨出好面，我尝尝你的麦子干不干。"黑驴为小马磨麦子前，先抓一把麦子塞进嘴里，边嚼边说，"哟，嚼起来嘎嘣嘎嘣，晒得挺干的！"

干完活送走小马后，黑驴赶紧掀开磨盘，从里面扫出刚刚散落的面粉，装入备好的袋里。

"小牛呀，我尝尝你的黄豆炒得透不透。黄豆只有炒透了，磨出来才香。"黑驴为小牛磨黄豆前，先抓一把黄豆塞进嘴里，边嚼边说，"哟，嚼起来嘎嘣嘎嘣，炒得挺透的！"

干完活送走小牛后，黑驴赶紧掀开磨盘，从中扫出半碗豆粉……

一天下来，黑驴不但肚子吃得溜圆，还积攒了半袋从磨盘里扫来的面粉、豆粉、玉米粉……它拍拍肚皮，又看着那半袋子收成，高兴得在地上直打滚儿。

不久，黄牛也开了一家磨坊。从此，黑驴发现自己磨坊的生意一落千丈，再没有谁来找它磨粮食了。

一天，黑驴见小马驮着麦子从门口经过，连忙迎了上去。不料，小马却从它身旁绕过。

黑驴忙拉住小马说："大侄子，在我这里磨吧，我一定磨得又精又细。"

　　"得了吧。"小马说，"我再也不来你这里磨面了。"

　　"为什么？"黑驴问道。

　　"你磨面时不仅吃我们的粮食，还将落在磨盘里的粮食据为己有。我们回去称了，发现轻了许多！"

　　"难道黄牛不贪吃、不偷占你们的粮食？"黑驴问道。

　　"黄牛在给我们磨面时，从来不吃我们一粒粮食，磨好后还把磨盘里落下的扫还我们。我们回去称了，去时多重，回来多重。哪像你……"

　　说罢，小马驮着麦子，头也不回地向黄牛磨坊跑去。

　　——做事不守规矩、不讲信誉，就会失去大家的认可。

"说谎"的小刺猬

狼冲狐狸说道："老弟，我前天让小刺猬骗了，以后你碰见它，千万别轻信它的话呀！"

狐狸说："它怎么骗你的？"

狼道："前天我追赶一只小鹿，追着追着，来到一个'人'字路口，因不知小鹿跑往哪个方向，就问在路口玩耍的小刺猬，它指着左边的山路告诉我小鹿向左边跑走了。我信了它的话急忙朝它指的方向追去，结果追了半天也没看见小鹿的影子。小鹿一定是从右边的山路逃走的，小刺猬骗了我，放走了小鹿。"

狐狸也气愤地说："我也被这小坏蛋骗过。"

狼好奇地问："你的脑瓜这么聪明，还能上小刺猬的当？"

"跟你受骗的情形相似。"狐狸道，"那天，我向它打听去小鸡家怎么走，明明是向东，它偏偏告诉我向西。害得我走了好多冤枉路，等我明白过来返身再摸到小鸡的家门时，小鸡早已得到小刺猬的信儿躲走了。"

"这个小坏蛋，以后再碰见它，非狠狠教训它一顿不可。"狼挥了挥利爪说。

"是的，绝不能轻饶了这个满嘴谎言的小刺猬，下次遇见它一定把它的皮剥下来。"狐狸咬牙切齿地说。

狼和狐狸的谈话被一只花喜鹊听到了，它落在树枝上喳喳地说道："说实话、讲诚信一定要弄清对象，如果对坏蛋诚实，就会让好人遭殃！

小刺猬在这一点上做得很好。"

　　"这个小坏蛋骗了我们，你还说它好？你一定也是个坏蛋！"狼和狐狸张牙舞爪地冲花喜鹊说道。

　　花喜鹊平静地说："我永远相信一个真理：好人嘴里的好人一定是个好人，坏蛋嘴里的坏蛋一定不是坏蛋。——在你们这些真正的大坏蛋眼里，小刺猬是个满嘴'谎言'的'小坏蛋'；可在我们眼里，它却是个诚实、善良、热心而又仗义的小英雄哩！"

公鸡和白鹅

　　一只公鸡大摇大摆地走过来，一扭头，看见一面镜子里也有一只趾高气扬的公鸡。它的火暴性子顿时被点燃，拍打着翅膀扑了过去，只听咣当一声，公鸡一头撞在镜面上，弄得眼冒金星，跌落在地。公鸡摇摇晃晃，半天才站稳脚跟，仔细一看，原来镜子里的公鸡竟是它自己。

　　"真是丢死人了！"公鸡懊恼地正想离开，这时，一只白鹅大摇大摆地走过来。"这家伙也一定会像我一样啄镜子里的自己吧，我先躲一边看个好戏！"说罢，转身躲进墙旮旯里。

　　白鹅走到镜子前，伸长脖子，又歪着脑袋看了看镜子里的白鹅，转身就大摇大摆地向前走去。公鸡忙跑出来，拦住白鹅问："老兄，刚才我看到镜子里有个公鸡，就扑过去啄它，结果撞得我眼冒金星，差点儿把嘴巴给弄折了。你怎么看到镜子里的白鹅，没冲过去啄呢？"

　　白鹅听了公鸡的话，嘎嘎嘎笑得脖子都弯了，说道："兄弟，一个连自己都看不清楚、都不了解的人，做事总会这样莽莽撞撞、不假思索的！——你这个盲目冲动、争强好胜的毛病真要改一改了！"

　　公鸡听了白鹅的话，羞得面红耳赤。

花言鹊语

小河边、小路边、田间地头，到处都开满了大大小小的花儿，它们在春天的阳光里热热闹闹地交谈着。

一朵金黄的蒲公英花快乐地说："亲爱的小蜜蜂们，我要使出最大的劲儿开放，为你们提供最好最好的花粉，让你们酿出最甜最甜的蜜！"

一朵淡紫的地丁草花也快乐地说："敬爱的大地妈妈，我要尽情地绽开，用我生命的色彩，把您装扮得更加美丽！"

……

"一群小傻瓜！"一丛刚抽出枝条的荆棘不屑地冲那些争相发言的花儿说，"我才不会学你们呢，我只会向人们展露我尖尖的刺儿，谁想从我这里占一点好处，我就会让它付出血的代价！"

果然如此。一只喜鹊见荆棘叶儿上爬动着一条毛毛虫，就飞过去帮它去捉。不料想，荆棘不但不领情，还用它身上尖尖的刺儿刺伤了好心的喜鹊，扯下好几根喜鹊的羽毛。

喜鹊忍着伤痛，飞到那些花儿身边，听着它们快乐的言谈，不由得感慨地说："谁要像花儿们一样无私的奉献，谁就会获得无限的快乐；谁要像荆棘一样自私狭隘，谁就会获得无助的痛苦。"

果然被喜鹊说中了，没多久，荆棘身上的毛毛虫越来越多，因有喜鹊血的教训，所以再没有鸟儿愿意来帮它捉去虫子。很快，荆棘的叶子被虫子们啃得精光，慢慢地它就痛苦的枯死了。

老山羊种玉米

山羊爷爷有一片田地，它想种上一些玉米，可自己胡子都一大把了，已没有力气翻地播种。山羊爷爷正发愁呢，热心的小猪来了，自告奋勇地说："山羊爷爷，我来帮你翻地吧！"

说干就干。小猪攒足了劲儿，埋头用嘴拱起地来，呼哧呼哧一阵子，累得鼻子都酸了，才翻了那么一点点，还深深浅浅的，不成样子。小猪正发愁呢，热心的小牛来了，它不声不响地拉起犁铧，呼哧呼哧一阵子，很快就把地给翻好了。

说种就种。可来到地头，山羊爷爷、小猪和小牛都不会挖穴点种。大家正发愁呢，两只热心的小兔跑来了。"挖穴填土这种活儿，我们最拿手，都交给我们吧！"说着就开始忙活起来，一个在前面挖穴，一个在后面播种，干得可欢了。

山羊爷爷这时笑哈哈地说："看来干好一件事情，光靠一个人的力量是不行的！只有大家团结起来，发挥各自的特长，克服各种困难，才能把事情干好啊！"

几个热心的小家伙听了，都信服地连连点头。

矢志不移的公交车

十字路口。

红灯亮了。

一辆小轿车碰巧与一辆公交车并肩而停，小轿车一直想开导开导公交车，因一线相隔，它们就有了攀谈的机会。

"大块头，你每天从起点到终点，两点之间来来去去，风里雨里在这条线上跑了这么多年，没意识到自己的工作很枯燥乏味吗？"小轿车头也不抬地问。

公交车平静地说："从没有感觉到枯燥乏味，从来都感觉很快乐很有意义！"

"哼！你就别自欺欺人了！"小轿车嘲笑道，"与我一比，你就知道自己的一生是多么机械、单调而又无聊之极！"

"你不妨说来让我听听！"公交车谦虚地说。

"你看看我！"小轿车骄傲地说，"我每天都日行千里，任意驰骋，或在笔直平坦的高速大道奔驰，或在都市如织的立交桥间穿梭，或在风光秀丽的景区林荫大道徜徉……而你仅仅限于对我来说刚刚启动就已到达终点的区区十里之距，每天还来来回回不厌其烦……"

"打住，打住！"公交车打断了喋喋不休的小轿车，"虽然你来去自由、见多识广，但你是为自家东奔西跑；而我始终按既定的路线，是为大家做好自己应干的事。这就是我在这条道路上乐此不疲、矢志不移的原因啊！"

　　"你、你、你还固执……"小轿车被戳了到痛处，不由得结巴起来，它正想再"教训"一下公交车。可这时绿灯亮了，公交车再没搭理小轿车，又向下一个站台奔去……

鹰妈妈和鸵鸟妈妈

八哥趁鹰妈妈和鸵鸟妈妈出去找食物的空儿，把它们的宝宝调换了一下，粗心的鹰妈妈和鸵鸟妈妈并没有发现。

后来，两个小家伙长大了。

小鸵鸟颤颤巍巍地站在岩石上，生怕"骨碌"一下滚下来，屁股摔成八瓣儿。可这时，鹰妈妈偏偏飞过来，对它说："孩子，我要教你飞翔和扑食的本领了，因为天空才是我们展翅翱翔的舞台，搏击才是我们赖以生存的手段！"说着，鹰妈妈便把小鸵鸟推下了岩石。

可小鸵鸟并没有飞起来，而是跌跌撞撞从岩石顶上滚了下去，摔得鼻青脸肿，一身是伤。它的身子太笨重了，无论鹰妈妈怎样严厉地啄它，也无论小鸵鸟的翅膀怎样扑腾，也飞不起来。鹰妈妈崩溃了，叹息道："这么多年，我生了那么多蛋，孵出来那么多鹰宝宝——哪一个不是搏击长空的英雄？唯独你，唉……"

鸵鸟妈妈也把那只小鹰叫到面前，说："孩子，我们鸵鸟的强项就在这两条腿上，从现在开始你要练习跑步，让自己越跑越快，直到健步如飞，连恶狼也追不上你就成功了！"可鸵鸟妈妈刚一声令下，小鹰便扑闪一下翅膀离开了地面。鸵鸟妈妈赶紧跑过去，长脖子一探，就把小鹰啄了下来，说道："跑步，脚踏实地才能跑得稳当！你怎么没跑两步就像鸟儿一样飞起来了呢？"鸵鸟妈妈生气地把小鹰掼到地上，又严厉地说，"现在，你跟着我的步子学着我的样子，继续练。"可小鹰根本学不了鸵鸟妈妈的样子，一展翅就想往蓝天里飞，鸵鸟妈妈又慌忙把它啄了下来。就这样，飞起来，啄下来；又飞起来，再啄下来……把鸵鸟妈妈累得气喘吁吁，也没能让小鹰学会跑步。

鸵鸟妈妈也崩溃了，叹息道："这么多年，我不知生了多少蛋，孵出来无数鸵鸟宝宝——哪一个不是疾步如飞的健将？谁像你，唉……"

太阳公公把这一切都看见了，不由得也叹息道："不要白费劲了——鹰就是鹰，鸵鸟就是鸵鸟，不论你们花多大的力气，也不能改变这个事实的。"

洗心房

山林里来了一只白眉毛白胡子的老猴，老猴在山脚下开了一个诊所，叫洗心房。诊所的招牌一挂出，就在山林掀起了轩然大波。

"什么？洗心？看不出它慈眉善目的，竟想用刀子把大家胸口划开，把心掏出来在水里洗！这多残酷呀！"一只山鸡哆嗦着说。

"是啊！"一只野羊接着说，"你们谁见过摘下来的果子还能安上树枝！它竟然掏大家的心，先问问它有那个本领再把心安上去吗？"

"老猴一定是疯了！"大家异口同声地说。

从此，无论老猴怎样解释，大家都不敢到它的诊所去看病，生怕被老猴抓住把心给掏出来冲洗得不成样子。

有一天，一匹狼禁不住好奇溜进了老猴的洗心房。过了好半天，狼才叼着一包东西摇头摆尾地走出来。许多小动物都围过去，七嘴八舌地问：

"老猴把你的心掏出来了吗？痛不痛？"

"老猴是怎样给你洗心的？流了好多血吗？"

……

狼等大家把话说完，放下药包，蹲在地上，用前爪扒拉着胸前的毛，说："你们看看！这有被刀子划开的伤口吗？我像心被掏出来的样子吗？"

见大家还是一脸不解，狼意味深长地说："在洗心房里，老猴结结实实给我上了一课堂！但老猴不让我告诉你们，它说你们谁要是想知道，就自己进去听讲！"

"老猴给你包的是什么药呀？"一只野牛又好奇地问。

"这是一包中药——老猴说是由忠诚、温顺、敬业等药材研制而成！服用了这包中药，我们心中的邪恶、凶残、懒惰等肮脏的东西就会被洗掉，就会获得新生！"这只狼说完，叼起那包药就跑走了！

果然，这只狼服用了老猴的中药，就跟换了一只狼似的，它见了其他弱小的动物，再也不凶狠地扑过去撕食它们了！它和它的子子孙孙后来就成了人类的好朋友——狗，对人类既忠诚又温顺，看家护院特别敬业！

自那只狼之后，一些山鸡呀，野猪呀，野牛呀，野马呀，野羊呀……也都一个接一个跑进了老猴的洗心房——后来，它们及它们的子子孙孙就成了人类家中喂养的家禽家畜！当然，它们也各具各的良好品性！

据说，老猴的洗心房从那以后就成了山林里动物们最爱去的地方。在那里，大家的心灵都会经过一番洗礼，都获得了新的生命。

骆驼、帆船和老鼠

一只骆驼到河边喝水，停在水边休憩的帆船看骆驼咕咚咕咚喝了半天，问道："老兄，你喝这么多水干吗？"

"马上就要进入沙漠了，我要补充足够的水，做好长途跋涉的准备。"骆驼看了一眼帆船说。

"你去哪里呀？"帆船又问。

"远方，我要把这很多物资运到远方去。"骆驼坚定地回答。

"是的，我也要去远方。我也要把这很多物资运到远方去。"帆船也自信地说。

一只老鼠听到了它们的对话，说道："远方？远方有多远啊？你骆驼一路上吃不好喝不好，还有肆虐的沙尘暴，一不小心就会被黄沙掩埋；你帆船也是满负荷前行，一路上波涛滚滚、恶浪重重，一不小心触到了暗礁，就会弄个帆折船翻。听我的，你俩还是老老实实找个安乐之处，晒晒太阳，看个风景，多逍遥呀！何必去讨那远方的苦吃！"

听了老鼠的话，骆驼就问："老鼠先生，人活着就要有个奋斗的目标，就要去远方干一番事业。想干出点成就，就不能怕路途遥远、沙尘汹汹或恶浪重重。"

"真是固执，当你们或被风沙吞没或被恶浪掀翻时，再想起俺今日的好心相劝可就晚了！"老鼠用前爪捋了一下胡须，叹息着说道。

"也许意志不坚定的人，听了你的好意会打退堂鼓的。但我们只会坚定自己的目标，向着远方勇往直前。"说罢，帆船扬起风帆乘风破浪驶向了远方，骆驼也迈开坚定的四蹄，一步一个脚印向远方跋涉而去。

大嗓门的乌鸦

一只乌鸦飞到果园里，放开大嗓门哇哇大叫起来。

一只正忙着捉虫子的啄木鸟看它叫个不停，就飞过来问道："乌鸦大哥，你这么大的嗓门叫什么呀？"

"我在练声呢！你想跟我比一比，看谁的嗓门大吗？"乌鸦抖了一下翅膀说道。

"现在正是捉虫子的季节，我没时间跟你比这无聊的事情！"说罢，啄木鸟就忙着捉虫子去了。

"哼，嗓门没我大，比不过我就谦虚点认输，还美其名曰忙着捉虫子，想当劳模啊！"乌鸦阴阳怪气地冲啄木鸟的背影挖苦道。

一只正在花枝间飞上飞下采花粉的蜜蜂飞过来，乌鸦听到它嗡嗡嗡的歌声，叫道："小不点儿，你能大点嗓门吗？让整个世界都听一下你的声音！"

"我不能让整个世界都听到我的声音，但我却能让整个世界都品尝到我的劳动果实！"说罢，小蜜蜂也忙着采花粉去了。

"也是个嗓门不大，却爱说大话的家伙！"乌鸦气得哇哇地说。

这时，喜鹊再也看不下去了，飞过来对乌鸦说："乌鸦大哥，你的嗓门确实大，没有谁能跟你比，但你知道人为什么不喜欢你的大嗓门吗？"

"为什么呀？"乌鸦生气地问。

"就是因为你整天只会卖弄大嗓门，而不去做一点对人有意义的实事；如果你不声不响去捉几只虫子，大家都会对你另眼相看的。"喜鹊说。

　　乌鸦听了，气得哇的一声飞走了。但它根本就没听喜鹊的忠告，还是到处哇哇地扯着大嗓门，所以至今大家仍很讨厌它们。

巨蜥和小蜥蜴

小蜥蜴正在草丛里玩耍，突然碰见了巨蜥。

"小不点儿，给爷爷闪开！"巨蜥一副盛气凌人的架势。

"我又没招你惹你，你凭什么对我这么凶？"小蜥蜴问。

"凭什么？"巨蜥挺了挺胸脯，蛮横地说道，"就凭我这大块头！"

"块头大有什么了不起！"小蜥蜴不屑一顾地说。

"块头大有块头大的强处。比如咱俩，你还没有我的一个脚趾大，我一下就可以把你踩成肉泥。而你小小的个头又能把我怎样？"巨蜥说罢一跺脚，对小蜥蜴来说简直是地动山摇，掀起的尘土差点把它给埋没进去。

正在这时，猎人来了。小蜥蜴一扭身钻进了土地裂缝里不见了，而巨蜥还没逃出几步远，就被猎人一枪击中，麻醉在地。昏迷之际，巨蜥这才明白：块头大也有块头大的弱点啊！

——以大欺小、恃强凌弱者，结局往往是可悲的。

竹笋和节节草

　　春天来了，竹笋和节节草都从泥土里钻了出来。节节草见竹笋一个劲地往上拔节，就问："竹笋大哥，你长那么高干吗？"

　　"你看白杨大叔和松树爷爷长得多高啊！我也要像它们那样，拔地而起，参天耸立！"竹笋自信地说。

　　"别说胡话啦，要知道它们是树类，而我们是草类。"节节草自卑地说，"况且长那么高有啥好处，被狂风摇来摇去，随时都有折断腰身的危险，我可不做这不要命的傻事！"

　　"要想有一番作为，就不能怕挫折和危险。"竹笋坚定地说罢，依然一个劲地向上拔节，最后终于长成了一株株高大的毛竹，为人类做出了各种各样的贡献。有的被编成精美实用的竹制品；有的被拉到建筑工地，成了搭建房屋的栋梁；有的被做成竹筏，用来渡人载物；甚至有的被削得细细的尖尖的，做成了牙签……

　　总结竹笋的一生，白杨和松树都高度评价道："竹笋的一生是不懈追求的一生，更是无私奉献的一生。由此可见，一个人的追求越高，他所做的贡献往往越大！"

　　那些节节草听了白杨和松树对竹笋的赞美，都羞愧地低下头去。

狼和羊的争论

狼和羊围绕吃的问题展开了争论。

"草是最好吃的东西！那青青的、嫩嫩的，嚼起来甜滋滋的，只要看上一眼，我的口水就直流。"羊说。

"肉是最好吃的东西！那肥肥的、香喷喷的，咬一口我连骨头都能吞下。"狼说。

"草好吃，我从生下来就这么认为！"羊翘起胡子，坚持己见。

"肉好吃，我打小尝了第一次到今天都没改过口！"狼露出尖尖的牙齿，恶狠狠地说。

"草好吃，走遍天下我都坚持这个理儿！"羊说。

狼可没有羊那么个耐性子，见羊一直与它争论不休，就凶狠地扑过去，一下把羊摁倒在地，说道："我说肉好吃就是肉好吃，你竟敢跟老子顶嘴。"

"你、你就是吃了我，我也坚持我的真理——世上只有草才是最可口的东西。"羊用最后一点力气说道。

狼再不搭理羊，大口撕着羊的皮肉，边嚼边道："事实再一次证明我的话是正确的，开天辟地以来，肉是最好吃的东西。"

——与凶残而又霸道的家伙讲道理是没用的，在它们眼里，牙齿和利爪才是硬道理。

名禽名兽大典

白鹅给《世界名禽名兽大典》编委会快递去一篮子鹅蛋，灰驴给这个编委会也快递去了一袋子土豆，于是它们都被收录进了《世界名禽名兽大典》。收到那个厚厚的"砖头"后，它们便到处显摆起来。

"请翻到 1234 页，"白鹅嘎嘎地念道，"白鹅，禽类，下蛋高手，曾在猫年鼠月举行的'比蛋'大赛上荣获鸡鸭鹅组冠军。"

"请打开 5678 页，"灰驴也高昂着脑袋念道，"灰驴，兽类，跑步健将，曾在驴年马月举行的'比腿'大赛上荣获狗羊驴组冠军。"

正当它俩念得口干舌燥时，一抬头看见正在田间劳作的黄牛。白鹅和灰驴就走过去，神气地拍着《世界名禽名兽大典》问："老哥哥，我们都成名禽名兽了，听说你也收到了入典通知，这里面怎么没你的大名呢？"

"我有时间和精力干些耕田耙地的实事呢，哪有工夫为自己捞那些虚名。"黄牛忙得头也不顾得抬一下，回答道。

白鹅和灰驴听了黄牛的话，你瞅瞅我，我看看你，然后夹起那《世界名禽名兽大典》各回各窝，从此再不好意思拿出来让人看了。

蒲公英的选择

蒲公英漫无目的地随风飞舞着，飞到了小溪边，它见小溪欢快地向前奔流，就问：“小溪姐姐，你这么高兴往哪里去啊？”

“大海！”小溪说。

“为什么要到大海去呢？”蒲公英又问。

“因为奔向大海是我不息的追求。只有奔到那里，我的生命才会变得更加强大、更加有意义。”小溪说。

蒲公英听了，打心眼里钦佩小溪，正想再跟小溪聊几句，可一阵风把它吹上天空，吹到一只雄鹰身边。它见雄鹰在高空翱翔，就问：“雄鹰大哥，你这么精神飞往哪里啊？”

“高山！”雄鹰说。

“为什么要飞到高山呢？”蒲公英又问。

“因为飞上高山是我生命的选择。只有飞到那里，我才能站得高看得远，才能更好地选准搏击的目标。”

蒲公英听了，心里别提多难受了，它想：“我这样无所事事地随风飞来飞去，多么无聊而又无价值啊！我的生命又该如何选择呢？”

一低头，蒲公英看到脚下的大地，心中顿时有了谱儿，就收拢起毛茸茸的“小伞”，急切地落下来，扑进了大地温暖而又湿润的怀抱。春天到了，蒲公英生根发芽了，长出了一片又一片的叶儿，给大地妈妈装扮出一抹醉人的绿意。这时蒲公英自豪地说：“我终于找到了自身价值的所在：脚踏实地，尽自己最大的力量做一点奉献，这才是我生命的正确选择啊！”

猫头鹰和乌鸦

乌鸦遇见猫头鹰，挺伤感地说："猫头鹰老兄，咱俩不就嗓子有点毛病，叫的声音不悦耳吗？人人都说我们是不吉利的鸟，到哪儿都惹人烦！活得真是太没意义啦！"

"我可不这么认为，"猫头鹰坦荡地说，"衡量一个人的价值，不能光听他嘴里喊的什么，而应看他实实在在做的什么！我的叫声虽然难听，但我却做了我应该做的事情——为人们捕捉那些糟蹋粮食的田鼠，我认为我活得很有意义！"

乌鸦白了猫头鹰一眼，说道："你就别再唱高调了，你黑夜里捉田鼠有谁知道？就是做了这些好事，又有谁夸你一句好！"

猫头鹰道："做点好事就想让天下人知道，就想让人夸奖，这不是我们猫头鹰的做法。只要做自己应做的事，就是没有人看见、没有人表扬，我们依然心安理得、无悔无怨。"

不久，人们隆重召开"最可爱的益鸟"颁奖大会，当主持人宣读到猫头鹰时，全场哗然。连躲在远处偷看的乌鸦听了，也不相信自己的耳朵。这时，只听主持人在宣读对猫头鹰的颁奖词：

"多年来，猫头鹰默对人们的非议不作任何辩解，而是默默无闻地捉鼠除害。它用实际行动证明了自身的价值，从而扭转了人们对它的误解，迎得了大家的认可和称赞！"

主持人刚宣读完毕，台下就响起了热烈的掌声。在这震耳的掌声里，乌鸦偷偷地溜走了。

月牙湖里的争斗

月牙湖里有两大家族：白天鹅家族和黑天鹅家族。这两个家族今天争这片水草，明天争那片苇丛，经常摩擦走火，争斗不断。

这天，它们又为争一处滩涂打了起来，就见喙来翅往，扑扑腾腾，整个月牙湖里充满了嘎嘎嘎的厮杀声。数百个回合过后，黑白天鹅两家各有伤残，然后各自鸣金收兵，各回各的地盘修整。

趁这安静的空儿，一只喜鹊飞了来，问那些白天鹅："你们跟那些水鸭子有争斗吗？"

白天鹅们说："没有，因为它们从不与我们争水草。"

"那你们跟鸬鹚、灰鹤们有争斗吗？"喜鹊又问。

白天鹅们说："也没有，因为它们从不与我们争芦苇丛做窝棚。"

"那你们为什么经常与黑天鹅产生争斗呢？"喜鹊问道。

"因为黑天鹅经常与我们争水草、夺草窝、抢滩涂……"白天鹅们气呼呼地说道。

喜鹊又飞到黑天鹅阵营，也问那些黑天鹅："你们跟那些水鸭子有过争斗吗？"

黑天鹅们说："没有过，因为它们从不与我们争水草。"

"那你们跟鸬鹚、灰鹤们也有争斗吗？"喜鹊又问。

黑天鹅们说："从没有，因为它们从不与我们抢滩涂晒太阳。"

"那你们与白天鹅怎么有那么多仇恨呢？今天打明天斗，从不消停！"喜鹊问道。

"因为白天鹅经常与我们争水草、夺草窝、抢滩涂……"黑天鹅们怒不可遏地说道。

"呵，我明白了，所有的冲突都是利益的纷争。你们整天在湖里斗来斗去，就为争夺那些水草、芦苇丛和滩涂的好处啊！"喜鹊不由得恍然大悟。可没等喜鹊飞到月牙湖边的柳树上歇歇脚，白天鹅和黑天鹅们又都嘎嘎嘎地鸣起了冲锋的号角……

黑白天鹅与黑白仙鹤

月牙湖里的一只黑天鹅与一只白天鹅整天打斗，见面从没有和和气气地打过招呼。

月牙湖里也有一只黑仙鹤与一只白仙鹤，它们整天相依相伴，相处得很融洽，从没红过脸。

黑白仙鹤见黑白天鹅又在吵闹，就忍不住走过来问道："你俩天天吵天天斗，到底为了什么啊？"

黑天鹅抢先回答说："它整天嘲笑我的肤色黑不溜秋，黑得像煤块，要多难看有多难看！你们说我能不冲它发火吗？"

白天鹅也气愤地说："它整天讽刺我的叫声嗲声嗲气，顾影自赏，要多风骚有多风骚！你们说我能忍受这黑鬼吗？"

黑白天鹅见黑白仙鹤相敬如宾的样子，就问道："我们整天啄来斗去，怎么没见你们有过争吵呀？"

黑仙鹤说："我整天看到的是它优美的舞姿，听到的是它脆亮的歌唱，在我的心里，小白就是天下最美的仙女！"

白仙鹤说："它在我眼里就是一位风度翩翩的绅士，它一个转颈回眸会让我着迷，它一个抬腿亮翅都让我心仪！"

一直都在枝头观察的喜鹊这时叹道："黑白天鹅整天吵吵闹闹，原来是因为它们只知道相互指责、相互诋毁，专挑对方的毛病；黑白仙鹤整天恩恩爱爱，原来是因为它们相互宽容、相互爱慕，欣赏对方的优点啊！"

桃树和冬青树

院子里有两棵树：一棵是桃树，一棵是冬青树。

春天，桃树开花了，满枝都是粉红色的花儿，招来了好多小蜜蜂，在花枝间飞来飞去地采蜜；好多孩子也来到桃树前，有的摆个俏皮的姿势；有的扮个逗人的鬼脸儿，让大人们用手机拍个照，他们要与桃花和春天合个影。

可那棵冬青树呢？没有人围着它转，小蜜蜂理也不理它，好像春风也没有光顾它一下。冬青树自卑地低下头去，说道："我要是能开花就好了，有了花儿，小蜜蜂也会围着我飞来绕去；有了花儿，孩子们也会把我当成风景，跟我一起高兴的合影。"

桃花纷纷扬扬地落了，在那些花蒂处又长出许许多多的小青果儿。渐渐地，青果儿们长大了，长得又红又大，飘着一缕缕甜味儿。主人高兴地围着桃树一天能看好多遍，孩子们也有事或没事地跑到院子里来玩儿，他们举头看着那些红红的桃儿，指指这个，说说那个，口水都流出来了。

那棵冬青树又失落落的，唉声叹气地说："要是我能结出满枝的果儿就好了！结了果儿，孩子们也会在我的身边蹦来跳去，也会一个一个像小馋猴一样！"

冬天到了，寒风跃过院墙，吹落了桃树枝上的最后一片叶儿。而这时，那株冬青树却郁郁葱葱，满枝青青嫩嫩的叶儿，一点儿也不怕寒风，一点儿也不怕雪压。越是寒冷，它越是精神；越有雪压，它越是青嫩。冬青树看着那曾花儿缤纷、果儿满枝的桃枝，这时再没有了孩子们的关注，变得光秃秃的，连一只小麻雀也不愿落在上面。左邻右舍来串门儿，看到那冬青树，都啧啧称赞起来："看这株冬青多茂盛啊，桃树呀杨树呀都落叶了，只有冬青还这么精神！"冬青树听了人们的赞誉，说道："哎呀，原来只有到了寒冷的冬天，我才真正展示出自己无畏的身姿，给这冰天雪地的季节带来无限的生机！"

"是呀！"这时，一直不说话的桃树开口说道，"人只有发现自身的价值，才能拥有自信、战胜自卑啊！"

忘恩的黑羊

冬天，黑羊储存的食物吃完了，正愁得唉声叹气，白羊及时送来了一担白菜，让黑羊顺利度过了那个冰天雪地的隆冬。

春天来了，万物复苏，大家的菜园里都变得郁郁葱葱，各种青菜长势喜人。这天，白羊的外公来看望白羊，路过黑羊的菜园时，外公说："你看那些青菜绿油油的，一定很好吃。"

白羊看到外公顺着胡子流口水，就走到黑羊的菜园里，拔了几棵青菜，想先让外公尝尝鲜，然后再告知黑羊。谁知正巧被黑羊发现了，它便大叫起来：

"抓小偷呀，白羊偷我的菜啦！"

众羊奔来，扭住白羊正想痛打，一只老山羊拦住了大家，问黑羊道：

"黑羊，我清楚地记得在冬天，你断炊了，是白羊慷慨送你一担白菜，才使你没被饿死。现在白羊拔你几棵青菜让外公尝一尝，你竟大惊小怪，你还有没有良心哪！"

黑羊顿时耷拉下脑袋，说不出话来。

有些人就是这样：别人的帮助，他从不记在心上；别人稍触犯他一点利益，他就会吵吵嚷嚷，揪住不放。

打错算盘的黑牛

黑牛和黄牛同槽而食、同犁而耕。

一日，在吃草料时，黑牛想："要是没有黄牛，这些草料就是我的了，要想个办法把它赶走。"

想到这里，黑牛便又踢又撞起来。主人听见动静，就走进来，问道："怎么回事？不好好吃东西，闹什么？"

"黄牛太霸道，老是争我的草料哩！"黑牛说道。

"它说谎……"黄牛刚想为自己争辩。主人走过来，不等黄牛说完，拿起棍子，劈头盖脸把黄牛打了一顿。

夜间，主人睡得正香，又被黑牛的叫声吵醒了，他怒气冲冲地走过来，问道："又怎么啦？吵得人睡不安宁！"

"黄牛太蛮横，我们卧的地方本就很窄小，它总是侵占我的地盘！"黑牛又是恶牛先告状。

主人又不等黄牛辩解，一顿棍棒把黄牛打得浑身是伤。

就这样反复数次，主人一气之下把黄牛卖给了别人。

黑牛高兴坏了，想："这回再没有黄牛跟我争草料、争地盘了！"

没想到，黄牛走后，再添草料时，黑牛发现主人把黄牛的那份减掉了，并没有像它想象的能多吃多占。当然，黄牛走后，那耕田耙地的重活儿，也全都落到它黑牛身上。这时黑牛才知道自己的如意算盘打错了，排挤走了黄牛，不但没占到什么便宜，反而加重了自己的劳动负荷。

宠物和废物

一天，两个女邻居在小区广场遛弯儿，一个女邻居牵着一条狗，一个女邻居抱着一只猫。见两个女主人聊得火热，狗和猫也相互搭起话来。

狗说："我们的职能是看家护院，可现在人的家里都安装了防盗门和监控，根本不需要我们了，慢慢地我们就成了宠物狗！"

"是的。"猫说，"我们的本职是捉老鼠，可现在人的家里不是水泥地面，就是铺有瓷砖，老鼠根本无法打洞寄身，慢慢地我们就成了宠物猫！"

狗说："我天天吃狗粮，夜里睡干净的沙发，日子要多安逸有多安逸。"

猫说："我天天吃猫粮，夜里睡精致的猫床，生活要多舒适有多舒适。"

过了一些天，狗和猫又在小区广场相遇了。没想到，狗瘸了一条腿，成了流浪狗；猫也浑身脏兮兮的，成了流浪猫。

"你怎么会变成这模样？"狗问猫。

"你怎么也成了这模样？"猫问狗。

"别提了。"狗伤心地说。"有一天，我在家里正睡午觉，这时门被打开了，进来一个西装革履的男子，见他手中有钥匙，我以为是主人的弟弟，就没过问。谁知那人竟是个小偷，把主人的金银首饰和几万元钱都偷走了。主人回来一看，肺都气炸了，把我一顿好打，打折了一条腿，就把我扔了出来。唉，根据我爷爷给我描述的经验，小偷都是尖嘴猴腮、贼眉鼠眼的，谁想到现在的小偷都像帅哥一样啊！"

猫叹了一口气说："我跟老兄你的遭遇差不多。我发誓，我一辈子没见过老鼠是啥样子。况且主人家里封闭得连一只蚊子都飞不进去，天知道从哪里来了一只所谓的老鼠，把主人的衣被咬得不成样子。主人怪罪于我，骂我不中用，就把我赶了出来。"

听了猫和狗的交谈，广场边的绿茵警示牌笑道："你们以前受人宠爱，现在却遭人遗弃。由此我明白了，宠物原来都是废物啊！"

鹅卵石的见证

黑猫妈妈带着蹒跚学步的小黑猫在树林里玩耍，小黑猫不小心，踩在一颗鹅卵石上，一下滑个嘴啃泥，牙齿差点儿磕掉一个。黑猫妈妈可气坏了，赶紧把小黑猫拉起来，一脚把鹅卵石踢飞了，还骂道："什么破石头，竟敢滑倒了我的宝贝儿！"

白猫妈妈带着它的小白猫也在附近散步，可巧，那颗被黑猫妈妈踢飞的鹅卵石落在了小白猫的脚下，一下又把小白猫滑个嘴啃泥。白猫妈妈说道："自己跌倒了自己爬起来。"

当白猫妈妈看是一颗鹅卵石滑倒了小白猫，就捡了起来，高兴地说："多可爱的鹅卵石呀，就给我们家小白当玩具吧。"

鹅卵石不由得感慨地说："真是不一样的妈妈，不一样的言传身教啊！"

又一天，小黑猫和小白猫因争夺鹅卵石打了起来。黑猫妈妈气呼呼地拉着小黑猫来找白猫妈妈，说道："你们家小白太不讲理了，因一块破石头跟我们家小黑打架！"

小白猫说："是小黑先抢我的鹅卵石。"

黑猫妈妈一看，说道："这颗鹅卵石是我前几天扔掉的，本就是我们的，怎么说是我们小黑抢你的啊！"

白猫妈妈说："这颗鹅卵石是我们前几天捡来的，既是你们的，就给你们吧。"

"好的，小黑，给你的。"小白懂事地把鹅卵石递给了小黑。

看着小黑猫得意的样子，鹅卵石又感慨地说："看吧，有什么样的妈妈，就会带出什么样的孩子！我就作为它们成长的见证吧。"

果然被鹅卵石说中了，小黑猫长大后，像它妈妈一样自私、霸道，凡事都指责别人、不讲道理，大家都不愿跟它做朋友；而小白猫长大后，也像它的妈妈一样知情达理，对人宽容，遇事谦让，它成了大家公认的好伙伴。

燕妈妈和小乌鸦

　　燕妈妈一趟又一趟飞出去找虫子，衔回来喂那些嗷嗷待哺的燕宝宝。可现在的田野里、菜地里经常喷施农药，有时想找一个虫子还真不容易。这天，燕妈妈飞到很远的地方，找了半天才捉到一只青虫。这时它又累又饿，可它还是叼着那只青虫往回飞，肚子在叽里咕噜地叫着，它实在是太饿了，它咽了一下口水，可它舍不得自己吞下那只香喷喷的青虫。飞到半路，燕妈妈落在一个树枝上，它想休息一下，因为它实在是太累了。站在枝杈上，燕妈妈一低头，看见一只小乌鸦在树下草丛里蹦来蹦去，像在寻找什么。它把青虫放好，问道："你在找什么？是什么掉到草丛里了吗？"

　　小乌鸦抬头看了看燕妈妈，说："没丢什么东西，我在找虫子哩！"

　　燕妈妈说："看你小小的年纪，还不到结婚的年龄，你一定是早婚早育，也是找虫子喂小宝宝吧！"

　　小乌鸦笑了，说："燕子大婶，我还没有对象哩，我找虫子是喂养我的妈妈。"

　　"什么？你找虫子是喂你妈妈！"燕妈妈有点吃惊，"从来都是鸟妈妈给鸟宝宝找吃的，我还是头一回听说孩子找虫子喂养妈妈哩！"

　　小乌鸦说："我们乌鸦从古到今都是这样，当爸爸妈妈变老了，飞不动了，无法再去找虫子吃了，我们当儿女的就肩负起喂养它们的责任，而且一直到它们去世！这就是人常说的'反哺'——我们这是在报答父母的养育之恩呀！"

燕妈妈听了，非常感动，忙飞下来，把自己好不容易捉到的虫子送到小乌鸦的面前，说："我这里有个虫子，你先叼回去喂你的妈妈吧！"

"谢谢你，燕子大婶，我会自己捉虫子的！"正说着，小乌鸦发现了一只蚱蜢，赶紧扑过去，一口就把它啄住了。"看，燕子大婶，我妈妈有吃的了。你也赶快回去吧，你的宝宝在巢里一定都等急了。"

看小乌鸦也捉了食物，燕妈妈拭了一把感动的泪水，然后告别了小乌鸦，向自家的巢飞去。小乌鸦也高兴地衔起那只蚱蜢，给自己的妈妈送食去了。

蚍蜉自大

"我曾经不费吹灰之力，拔起一棵参天大树！蚍蜉撼大树，并不是空穴来风，我可以当场证明。"一只蚍蜉说。

"这有什么了不起。"另一只蚍蜉说，"我曾经用洪荒之力，单臂挡住了一列迎面奔驰来的火车，不信咱到铁轨上我给你表演一下试试！"

"我跺一下脚，就会再来一次大地震。"一只蚍蜉说。

"天再塌下来，不用再劳烦女娲娘娘了，我一口唾沫啪叽一下就能把天补得严丝合缝！"另一只蚍蜉说。

"你俩是在吹牛，还是在说相声呢？"一只小蜜蜂听了，飞过来问道。

"吹什么牛！说什么相声！"一只蚍蜉瞪了小蜜蜂一眼。

"我们是在比试力量和本领，怎么能说是吹牛呢？"另一只蚍蜉气鼓鼓地说。

"力量和本领不是靠嘴巴吹出来的，是通过事儿做出来的！"小蜜蜂道。

正在这时，头上飞过一只乌鸦，小蜜蜂想再找那两只蚍蜉，却怎么也找不到了。它低头一看，那两只自诩力大无穷、神通广大的蚍蜉正在一个豆粒般的鸟粪里挣扎呢。咋那么巧，刚刚飞过的那只乌鸦，用一粒粪便就戳破了两只蚍蜉的牛皮。

不劳而获的小老鼠

　　小动物们在山下开垦了一处庄园，小兔种了一片胡萝卜，小猪种了一片西瓜，小熊种了一片玉米，小羊种了一片白菜。

　　暴雨来了，庄园里积了水，小动物们都慌着来排涝。大家弄得一脸一身的泥水，可看着田里的积水排掉了，庄稼保住了，大家都开心地笑起来。

　　天干旱了，田地里横七竖八都是干裂的缝儿，庄稼们也都蔫拉着叶片，眼看都要枯死了。小动物们又忙着提水灌溉，从早忙到晚，大家累得筋疲力尽，总算把田地浇了一遍，看着庄稼苗儿又精神起来，大家又开心地笑起来。

　　地里长了杂草，小动物们忙着拔草；庄稼叶秆上长了虫子，小动物们又忙着捉虫……

　　终于，庄稼丰收了。小兔把胡萝卜分成四份，小猪把西瓜分成了四份，小熊把玉米分成了四份，小羊把白菜也分成了四份，于是大家都有了胡萝卜、西瓜、玉米和白菜。

　　大家正有说有笑地分享着劳动果实，这时候，小老鼠来了，见大家都分了一大堆吃的东西，它便上前问："能不能分给我一些啊？"

　　"不付出一点劳动，却厚着脸皮来分果实。"小兔又问，"我们忙着排涝时，你在哪里？"

　　小猪问："我们忙着抗旱时，你在哪里？"

小熊问："我们忙着拔草时，你在哪里？"

小羊也问："是呀，我们忙着捉虫时，你在哪里？"

小老鼠被问得哑口无言，只好灰溜溜地走了，边走边嘟囔着："哼，都是小气鬼，看我以后怎样糟蹋你们。"从那以后，什么也不干的小老鼠，就夜夜溜出来，在这里偷点玉米，在那里啃点西瓜……长年过着不劳而获的日子。于是，它就成了人人痛恨的田鼠。

杨树的愿望

　　大路旁站着一棵杨树，路两边是大片的桃树林。

　　春天来了，桃树们开出满树粉红的桃花，招来了许多踏春的人。桃园里热闹起来，有的赏花、拍照，有的坐在垫毯上说说笑笑。

　　杨树看到桃园里人声鼎沸的场景，十分羡慕，就伤感地对距它最近的一棵桃树说："桃树兄弟，看你们花枝招展、游客蜂拥，多热闹呀！而我却孤零零的，无人光顾。"

　　那棵桃树说："我们桃树奉献了一树树的花朵，带给了人们春天的美丽和快乐，所以人们才纷沓而至，高兴地拥抱我们的枝干、亲吻我们的花蕊！"

　　后来，那些桃树上挂满了又红又大的桃子。采摘节开始了，人们又涌进桃园，桃林里充满了欢歌笑语。见杨树又伤感起来，那棵桃树又说："我们为人们奉献了一树树的果实，带给了人们丰收的甜蜜和喜悦，所以人们再次蜂拥而来。"

　　"我能为人们奉献什么呢？"带着这个问题，杨树站在路边一直思索着。夏天到了，烈日炎炎，几个急匆匆的路人走了大半天，都汗流浃背。这时，他们发现路边有一棵杨树，都赶紧走到树荫里乘凉。

　　"这片绿荫真浓真凉爽呀！"一个路人说。

　　"这棵杨树的树冠真茂盛呀！"一个路人抬头看了看枝繁叶茂的树冠说。

"多亏了这棵杨树，要不然我们就被太阳烤熟了！"又一个路人赞美着杨树……

"我没有为人们奉献花朵，也没有奉献果实，我只是为路人奉献一片绿荫就受到如此高的褒扬，我这小小的奉献真是受之有愧——我要为人们奉献出我的全部！"杨树目送着那些又匆匆赶路的行人说道。

果然，秋天的时候，杨树的叶片飘落进桃林，被埋进土壤里变成了肥料；杨树的干被伐去做成了栋梁，而那些细小的枝则被送到了纸厂磨成了浆造成了纸张，印成了孩子们喜爱的读物……杨树实现了它奉献一切的愿望。

野马和千里马

　　赛道上，千里马和野马并驾齐驱，一个快如闪电，一个疾如狂风，两马几乎不分前后，同时冲到终点。

　　稍事喘息，野马道："老兄，你要是甩下马鞍、马镫、马辔这些行头，轻装上阵，也许今天你就会先我一步，成为胜利者了！"

　　"我倒希望老弟你也配上这身行头，"千里马说，"这样你才不会被称为野马，而被誉为'千里马'啊！"

　　野马道："配上了马鞍、马镫和马辔，就会受人操纵，驮着人奔跑，不但没了任意奔跑的自由，还给自己增添了很大的负担！"

　　"怎么能这样说呢？小到驮人载物，大到驰骋沙场，我们马都要配行头，甚至配一支抽打自己的马鞭。"千里马道，"如项羽的乌骓、关羽的赤兔……这些宝马良驹，哪个不是具鞍衔环、负重冲锋，才屡立战功、成就不朽，为世人称道？如果身为一匹好马却不愿接受任何约束、不愿承受一点重负、不愿施展本领建功立业，那你将永远是一匹野马。"

　　野马听了，不由得低头深思起来。

蜗牛登山

一只山雀正叽叽喳喳地采访一只蜗牛。

"请问,你是怎么登上巍峨的山巅的?"山雀问。

"一步一步爬上来的。"蜗牛说。

"你身小力薄,爬得又慢,山路布满荆棘,山崖陡如刀劈,能成功登顶,你真是一只很不平常的蜗牛!"山雀赞叹道。

"我很平常。"蜗牛说,"就是因为我拥有一颗平常心,所以才不急不躁、不畏困难、不改初心……终于爬到了山巅。"

第二天,《森林日报》头版刊登了一条题为《小小蜗牛勇攀高峰》的消息,还配有一张把蜗牛形象放大立在山巅的照片。

蜗牛一下成了名人,森林里掀起学习蜗牛精神的高潮。

有学蜗牛身虽微小,理想远大的;

有学蜗牛咬定目标,持之以恒的;

有学蜗牛不畏艰险,迎难而上的……

这时,乌鸦跳出来说道:"我认为这是山雀捏造新闻热点,蜗牛根本就不可能登上山巅,或许那只蜗牛本就是生活在山巅的蜗牛!"

很多小动物相信了乌鸦的话,认为乌鸦说得很有道理。面对沸腾的舆论,《森林日报》的猫头鹰社长赶紧叫来山雀,让它立即去找蜗牛,作深入采访,核实新闻的真实性。

好在蜗牛爬得慢,在下山的路上,山雀还真找到了那只蜗牛。蜗牛听了山雀的来意，笑着说："是真是假，就让事实来告诉你吧，因为事实胜于雄辩！"

原来，蜗牛是个有心人，在向山巅攀爬时，它的足腺就分泌出一种黏液，黏液干后就会形成一条银白色的涎线。经过一路实地探访，山雀真实地拍摄到了蜗牛勇登山巅的曲折路线。很快《森林日报》又推出一篇连续报道《蜗牛登山有铁证　乌鸦所言纯扯淡》，用铁的事实击破了乌鸦散播的谣言。

一路山花烂漫，坦然的蜗牛平安地下了山，它的身后又留下一道闪光的足迹。

"精明"的乌鸦

一只狮子在追逐一头骆驼，骆驼拼命地向沙漠深处跑，狮子紧追不舍。一群乌鸦跟在后面飞着。

一只乌鸦紧飞几步，赶上骆驼，对它说："骆驼大哥加油，再跑快些，到了沙漠深处，狮子没有水喝会渴死的，这样你就安全了。"于是骆驼越跑越带劲。

另一只乌鸦飞过来对狮子说："狮子大王加油，再跑快些，现在你已没有退路了，只有抓住骆驼，吃了它的血肉，你才有力气再走出沙漠。"于是狮子只好忍住干渴继续狂追。

看着狮子和骆驼都在拼命地向沙漠纵深处奔跑，乌鸦们都兴奋哇哇笑了。

一只说："狮子追上了骆驼，狮子吃剩的，也足够我们美餐一顿的。"

另一只说："狮子追不上骆驼，它也别想再走出沙漠，最后只有渴死，它的一身肥膘肉十天半月我们都吃不完。"

又一只说："是的，不论是狮子死还是骆驼亡，最后我们都会等到一顿美餐。"

追杀还在继续。骆驼耐得干渴越跑越远；沙漠松软，狮子跑起来很费劲，慢慢地被落了下来，最后它又累又渴，一头倒在沙窝里再也爬不起来了。

乌鸦们落在狮子的身上，兴奋地啄食起来。

　　骆驼这时走回来，看着吃得正香的乌鸦，说道："都说你们乌鸦愚蠢，而从你们给狮子和我说的话及你们的谈论上，足以看出你们的阴险！"

小山与大雁

小山环顾四周，见没有比它更高的物体，就骄傲地说："天下之大，唯我独高！"

话音没落，一只过路的大雁问道："你认为自己天下最高吗？"

"难道天下还有比我更高的山吗？"

"有！"大雁说，"你听说过泰山吗？"

"没听说过。"

"泰山要比你高千倍！"说罢，大雁又问，"你听说过珠穆朗玛峰吗？"

"也没听说过。"

"珠穆朗玛峰要比你高万倍，与它们相比，你只是弹丸之地啊！"

小山早已控制不住了，怒气冲冲地说："你以为我是三岁小孩哩，世上哪有那么高的山，你休想用瞎编的山名来哄我！告诉你，天底下还是我最高，什么泰山啦，珠穆朗什么峰啦，都是唬人的鬼话！"

"跟你这种孤陋寡闻而又愚妄十足的家伙是讲不通道理的！"大雁说罢远远地飞走了。

小蜘蛛织网

小蛛蛛织了一张网，可它捉不到虫子。这天它饿着肚子去请教老蜘蛛："大伯，为什么我的网粘不住飞虫呢？"

老蜘蛛道："孩子，带我去看看你的网。"

来到墙角，老蜘蛛见小蜘蛛的网织得乱七八糟，网眼很大，就批评道："你做事怎么这样不认真呢？你看你的网眼，别说是小飞虫，就是大蜻蜓也能畅通无阻，你不饿肚子才怪哩！"

小蜘蛛虚心接受了老蜘蛛的批评，并在老蜘蛛的耐心指点下，它织了一张疏密有致的网。没想到，不大一会儿，它新织的网就粘住了几只小飞虫。

小蜘蛛再也不饿肚子了，由此它明白了一个道理：做事粗枝大叶、马虎应付，害不了别人，只会害了自己。

对蜣螂的非议

一天，山上滚下一块石头，正好落在山间小路中间。

小兔路过这里，看见石头，惊奇地说："这是谁丢在这里的，还让不让人过路了。"小兔说着就想蹦过去，可一不小心，被石头绊倒了，磕破了嘴唇，成了三瓣嘴。

小猴路过这里，看见石头，也诧异地说："把石头放在路中央，真不像话，为啥没人来推开呢？"小猴说着也想跳过去，可一不小心，也被石头绊了一下，屁股都摔红了。

小熊、小狐狸、小山羊……好多小动物都路过这里，可没有一个动动手把石头推开的。这时，来了一只小小的蜣螂，它见石头挡了去路，就来了个倒立，两只前足支撑着地面，两只后足蹬着石头，然后前推后蹬，"嗨哟、嗨哟"，那块石头竟动了。蜣螂更来劲了，又用力一蹬，骨碌骨碌，石头顺着山路向下滚去。

喜鹊看见了，赶紧把这个好消息报告给了大伙。大伙一听，都感到很意外，没想到竟是谁都不看好的蜣螂把石头推开了。

"为什么偏偏是屎壳郎推开了石头呢？"小兔红着眼睛说，"难道我们动物中就没大力士了吗？"

"原来是那个推粪虫呀！"小猴的嘴差点儿撇到后脑勺上，"论力气我们哪个都比它大！"

"这个粪球虫这回可算露脸了，说起来那块石头我一巴掌就能拍飞的！"小熊吹了一下巴掌说道。

见大家都在贬低蜣螂，喜鹊再也忍不住了，喳喳地说："大家为啥总称呼蜣螂那些难听的别名呀？你们难道不知道它还叫'圣甲虫'和'铁甲将军'吗？为什么不称呼它这些好听的名字呢？小小的蜣螂能做到的事，为什么当初你们经过时都不愿动动手呢？"

见大家被说得低下了头，喜鹊又道："举手之劳的事情，自己不去做也不愿做，而一旦别人做了却大言不惭地非议，甚至恶意贬低。——这是不健康的心理在作祟呀！"

驴狗受罚

花猪吃过就睡，睡醒就吃，整日无所事事。

黑驴看不惯了，冲主人发起了脾气："我天天拉磨累个半死，你并没多给我一把草吃。而花猪啥活不干，却受到优待，这太不公平了。现在我宣布：从今日起罢工！"主人慌忙给黑驴添草加料，这才稳定了黑驴的情绪。

猎狗也很不满，找到主人理论道："我夜夜看家护院，眼都熬红了，嗓子都喊哑了，可我至今还在屋檐下凑合。而花猪呢，白天不耕地，夜晚不巡逻，你却给它搭个舒适的窝棚！现在我郑重声明：今天就放松警惕，贼来了我也不吭。"主人忙给它盖了一间漂亮的狗舍才算了事。

又过一天，黑驴和猎狗一起拦住主人，七嘴八舌地指责花猪不讲卫生，随地大小便，夜间呼噜打得太高，严重扰民；有时还擅自闯进驴棚或狗舍里用嘴乱拱，偷吃别人的东西。最后一致要求主人对花猪严惩不贷，否则它们不会罢休。

主人被逼无奈，就征求黑驴和猎狗的意见："依你们二位该怎么处置花猪呢？"

黑驴和猎狗相互看了一眼，异口同声地说："把花猪宰了，这样你既改善了生活，我们也眼不见心不烦了！"为了让黑驴和猎狗安心工作，主人只得拿起刀子走进了猪圈。

主人本以为从此黑驴和猎狗相安无事了，没想到这天黑驴又找到主人，抱怨道："猎狗夜间翘腿撒尿，把我当成了墙角，尿了我一身！猎狗已老眼昏花，不中用了，请主人考虑一下将猎狗送到狗肉汤馆算了。"

黑驴前脚刚走，猎狗后脚即至，举报说："黑驴拉磨时，我多次发现它偷嘴，对这样贪吃偷占的家伙，请主人考虑一下将它送到驴肉汤锅算了。"

主人考虑了一下，把黑驴和猎狗叫到面前，声色俱厉地说："我经过认真考虑，现决定将你们各重打五十皮鞭，三天不给吃的！"

看着被抽得遍体鳞伤又饿得有气无力的黑驴和猎狗，猫叹道："搬弄是非，排挤他人，受到惩罚，真是活该。"

小马改错

小马的爸爸是千里马，小马因此很骄傲。一天，主人让它驮一袋麦子去磨面，小马不屑一顾地说："我是千里马的儿子，我怎么能去磨面呢？这样的小事，让驴子去做吧！"主人又让它去耕地，小马又嗤之以鼻地说："我是千里马的儿子，我怎么能去耕地呢？这样的小事，让老牛去做吧！"

爸爸见小马这也不干那也不干，就说："孩子，不要觉得磨面和耕地是小事，只要是我们分内的事，不论大小，都要听从安排，认真去做好啊。"

小马说："爸爸，你是声名赫赫的千里马，我是你的儿子，我长大后也一定是千里马。我将来要纵横千里，驰骋疆场，做一番大事。像磨面、耕田这样的小事，我可不愿去做，太掉价了！"

爸爸听了，说道："你有远大的理想，想做一番大事，这很好。可任何大事都要从小事做起，如果连小事都不愿做或者说做不好，将来怎么能去做大事，怎么能成为千里马呢？"

小马听了爸爸的教诲，从此改正了自己的错误观念。不久，主人又让它去磨面，小马愉快地答应了；又不久，主人再次让它去耕地，它积极地跑到田里拉起犁铧干得可欢了。

能虚心地接受别人的规劝，便能扬起驶向成功的风帆。

精明的红公鸡

母鸡负责下蛋，公鸡负责推销。许多鸡家族都是这样分工的。母鸡兢兢业业下蛋不成问题，一天一个，从不偷工减产；可公鸡推销并不是件容易的事，有的公鸡脑子灵活就推销得快，有的公鸡又呆又木，就卖不出去。红公鸡和黑公鸡就是这样，红公鸡的蛋供不应求，黑公鸡的蛋却常常滞销。

黑公鸡很苦恼，一天就去向红公鸡请教。

红公鸡问："老弟，你是怎么推销的？"

"真不好意思讲。"黑公鸡道，"我提着鸡蛋来到大街上，坐在路口，弄个牌子，上写'土鸡蛋营养高，货真价实，自产自销'。可不知怎的，一天卖不了几个，回去老挨你弟妹的骂。大哥，你无论如何要帮帮我。"

红公鸡清了清嗓子，说道："老弟，你的推销方法也不能说是错，只是这样销售太慢了，也难怪弟妹批评你。谁叫我们是兄弟呢，我就帮你一把。以后你的蛋我全包了，有多少直接给我送来，也免得你蹲在路口受罪。——只是这价格……"

黑公鸡高兴得点头作揖道："只要你全包，价格由大哥你定，我就图个安逸、省事。"

从此，黑公鸡的蛋都送给了红公鸡，它落个一身轻松，每天早早地回去睡大觉，还能得到母鸡婆的夸奖。

不久，红公鸡成立了禽蛋批发公司，当起了大老板，每天都有许多黑公鸡白公鸡花公鸡高高兴兴地上门送蛋，它则包装成箱，一箱一箱地发往四面八方……

没头脑的与有头脑的，差距永远都是很大很大。

强者与弱者

喜鹊问兔子："为什么你总爱生气呀？看，眼睛都气红了，嘴巴都气成几瓣了！"

"我的仇人太多了，可我又没办法找它们报仇！"兔子气呼呼地说。

"你的仇人都有谁呀？"喜鹊问道。

"我的仇人有狐狸、狼、豺、豹，还有老鹰、老虎和狮子……反正很多很多！"兔子咬牙切齿地说。

听了兔子的话，喜鹊于是对兔子的"仇人"进行了走访。

喜鹊问狼："你有仇人吗？若有，都是谁？"

狼嚎叫一声说："我的仇人是豹子、老虎和狮子！"

喜鹊找到老虎，问："大王，你有几个仇人？"

老虎目露凶光，粗声粗气地说："只有一个。那家伙气死我了！"

喜鹊问："它是谁？"

"狮子！"老虎提起狮子，愤怒得毛发都竖了起来。

喜鹊于是找到狮子，问："你有仇人吗？"

狮子傲慢地看着喜鹊，说："我没有仇人呀！我怎么会有仇人呢？"

走访结束，喜鹊明白了一个道理：越是弱小者，他的仇人越多；越是强大者，就越觉得自己没有什么仇人，但仇恨他的人却很多。

第二辑　寓言新编

《狼来了》续写

那个撒谎说"狼来了"的孩子被狼吃掉后，他的父亲就提着猎枪走进山里寻找狼给孩子报仇。可他寻了好多天，连狼的影子也没找到，不得已，只得回村。

村中人见他回来了，就问："狼被打死了吗？"父亲想：如果说没有找到狼，大伙定会笑他无能。于是就撒了个谎，说："打死了，山中所有的狼都被我打死了。"村中人见他扛着猎枪，也就信以为真。

那个撒谎的孩子被狼吃掉后，放羊的任务就落到他弟弟身上。一天晚上，弟弟赶着羊群到山坡上吃草。突然，那只狼又出现了，二话不说就向弟弟扑来。弟弟没命地大叫："狼来了，狼来了，救命呀！"不远处有几个村民在干活，听到孩子的叫声，他们说："山里的狼都让孩子的父亲打死了，哪里还有狼，一定是他又学哥哥说谎来骗人了！"于是大家都把孩子的呼救声当耳边风，继续干活。

当孩子的父亲哭着说他的孩子又被狼叼走了时，村民们就围过来问他："你不是说山里的狼都让你打死了吗？怎么还会有狼呢？"孩子的父亲一听，顿时不知说什么好。

一位老者摇着头，叹息道："上次是你大儿子说谎丢了自己的性命，这次是你撒谎害了自己的小儿子，归根结底还是好说谎的毛病害了你们呀！"

鹬蚌再争

一只鹬在月牙湖边找吃的，巧了，它发现了一个爬到水边的大湖蚌。

湖蚌知道跑是跑不掉的，就紧紧合上蚌壳，问道："你就是鹬吧？你知道"鹬蚌相争"的故事吗？"

鹬笑道："我们鹬都知道这个故事，都以此为耻，都把这件事作为警示，提醒我们不能再犯这样愚蠢的错误！"

"是的，我们蚌类也把这件事时刻记在心头，也决不允许这样丢人的事儿再发生！"湖蚌边说边向湖里爬。

"别着急走啊，"鹬拦住了湖蚌，"我们还有好多话没说完呢！"

"我们还会有什么话可说的呢？"湖蚌说，"既然我们都不想让悲剧重演，那么我们就各走各的，谁也不要拦着谁！"

鹬笑道："我只是想再跟你探讨一下'鹬蚌相争'这件事之所以会发生，原因到底怪谁。——如果当时你的老祖宗把壳张开，我的老祖宗就能挣脱嘴巴逃离现场，就不会被那渔人捉住。是你的老祖宗把我的老祖宗坑死了。"

湖蚌也毫不示弱地说："怎么？这事都过去快有两千年了，你今天想把这笔账算到我头上吗？"

鹬笑道："要说算账有点儿过分，我只是不明白，当时我的老祖宗怎么会挣不脱呢？你的蚌壳就那么有劲，夹得那么紧吗？"

"你想现在试试吗？"湖蚌问。

"有这个想法，你能张开蚌壳吗？"鹬问。

湖蚌看透了鹬的嘴脸，知道今天想顺利脱身是不可能了，大不了跟老祖宗一样，来个鱼死网破。想到这儿，湖蚌说："好吧，看你有没有能力从我的壳里拔脱嘴巴。"

湖蚌把合在一起的蚌壳张开了一条缝，鹬看着那鲜美的蚌肉，终于忍不住了，伸出尖尖的嘴巴就去啄蚌肉。湖蚌赶紧合上蚌壳，紧紧地夹住了鹬的嘴巴。

鹬左甩右甩，可就是甩不掉。湖蚌太大太重了，鹬想飞又飞不起来。这时一个人走了过来，鹬紧张起来，说道："快松开，有人来了！"

湖蚌说道："你以为我看不透你玩的把戏吗？刚才说试试我蚌壳的合力，其实就是想啄我的蚌肉。现在又骗我说人来了，你以为我还会相信你的鬼话吗？"

这时，人真的来到了，轻松地就抓住了又在争论的鹬和湖蚌。

鹬蚌相争的悲剧再次发生了。一只喜鹊看到此情此景，叹息地说："不真正接受历史的教训，只能重蹈覆辙、咎由自取！"

《狼和小羊》续

狼在小河边残害了那头小羊，正想离去，从小河上游传来老羊唤小羊的咩咩声。狼心中暗喜，就躲在了草丛里。等老羊走到近前，它一跃而出。

老羊知道逃是逃不掉的，就镇定下来问：

"狼先生，你看见我的小羊了吗？"

狼不由得舔了一下嘴巴上的血迹。老羊明白了，自己的小羊已经被这只凶恶的狼给吃了。老羊真想扑上去用角把狼给顶死，但它知道面对眼前的狼，硬拼是不行的。这时，老羊想起灌木林里有猎人设下的陷阱，于是它说：

"狼先生，我还有几个孩子在灌木林那边吃草呢，我想把它们都唤到这里来喝点水，它们也都渴坏了。"

狼一听还有几只小羊，口水都淌下来了："对，先去收拾那几只嫩的，回头再收拾这老家伙。"拿定主意，狼便拖着老羊的尾巴向那灌木林走去。

当走到那盖着茅草的陷阱边时，老羊猛地向前一踏，狼没有弄清咋回事，就跟着老羊掉进了陷阱里。

"你这个恶魔，你害了我的小羊，现在我要为我的孩子报仇了！"在陷阱里，老羊愤怒地说，"虽然我的命也搭了进来，但为了其他弱小动物不再受你的残害，牺牲我一个值得！我相信，用不了多久，猎人就会来收拾你的！"

《农夫与蛇》新编

　　一个好心的农夫在冬天救了一条冻僵的蛇，蛇醒过来后却把农夫咬死了。这事传到伊索的耳朵里，他就写了一则寓言，好让大家从中汲取教训。从此，农夫们对蛇都恨之入骨，见蛇必打。

　　一天，有个农夫在田间锄地，忽见一蛇正吞食田鼠，他马上举起锄头向蛇击去。那蛇将身一闪，忙口吐人语："且慢动手，请问你为何如此狠心，要置我于死地？"

　　"你们这些忘恩负义的家伙，我们的老祖宗在大冬天将你们一个冻僵的老祖宗救了，而你们狠毒的老祖宗却把我们善良的老祖宗给咬死了！我打死你，是为我们的老祖宗报仇哩！"农夫咬牙切齿地说。

　　那蛇对伊索寓言也略知一二，忙辩道："要知道咬死你们老祖宗的是毒蛇，而我是无毒的，不但从不做以怨报德的事，我还能给你灭除田鼠，为你的增产丰收帮不少忙哩！"

　　农夫一听，忙放下锄头，问道："你真能给我捉田鼠保庄稼？"

　　蛇说道："是的，我主要靠捕食田鼠为生。——我们蛇是田鼠的天敌！"

　　农夫又问："你真不是毒蛇？"

　　"真的不是！"蛇答道，"毒蛇的头部呈三角形，一般头大颈细尾巴短，表皮花纹鲜艳；而我们无毒蛇的头部呈椭圆形，尾巴细长，体表花纹浅淡；另外，毒蛇都有毒牙，伤口上会留有两颗大牙印儿，而我们无毒蛇咬过的地方则是一排整齐的牙印儿……"说着，那条蛇扭头咬了一下身边的庄稼叶片儿，果然上面是一排整齐的牙印儿。

在儿时，农夫的爷爷就给他描述过毒蛇的特征，好让他记住祖先的教训。现在听了那条蛇的话，他仔细地观察了一下它的形状，又看了看它咬过的牙印儿，这才抱歉地说："真对不起，我差点儿误伤了你！看来，凡事不能一概而论，要明辨是非、分清好坏，这样才不会让无辜者受株连啊！"

《狐假虎威》续写

　　狐狸借老虎的威风在百兽面前显摆了一把，挣足了面子。这天，它看见狮子在树林里打盹，眼珠一转，就想再演一遍旧把戏。

　　"大王，我是天帝派来管理百兽的，不信，我带你到百兽面前走一趟，它们见了我一定都会吓得屁滚尿流。"狐狸吹嘘道。

　　"是吗？"狮子打着哈欠说，"那你就带我到百兽面前走一趟吧！"

　　"跟着我走吧！"于是狐狸转过身来，昂着头、挺着胸，迈着八字步走在狮子前头。

　　狮子跟着狐狸走了两步，见它盛气凌人的架势，就扑上去，一爪把它摁在地上，说道："你这个把戏很经典，但你以为我像老虎一样傻吗？记住，不要在强者面前要小聪明，一旦被识破，后果很严重。"话没说完，狮子前爪一用力，就要了狐狸的小命。

愚公之罪

太行王屋二山被移到了别处，愚公门前变得一马平川。刚开始村里人欢呼雀跃，都说这回视野一下变宽了，出行再也不用爬山绕路了。

不知过了多少年，一日一个外出的村民回来了，他将外面的所见所闻讲给乡亲们，顿时在村里掀起了轩然大波。原来，那村民说，那被移走的太行王屋二山现在成了 5A 级风景区，天天游人如织，当地村民或开旅馆或开土菜馆或经营山里的特产，都富得流油。要是过去愚公不带领大家叩石垦壤，惊动上神把山移到别处，咱们这里也同样被开发成旅游胜地，家家都得发旅游财，男人也不会抛妻别小外出打工了。

村里人一听都认为有理，于是都把怨气撒在愚公的身上。

村民甲："现在想想，当初我们搬山真是愚蠢可笑。要是听智叟爷爷的话就好了，山不移走，我们也靠山吃山，不受耕田耙地的劳累了。"

村民乙："是呀，是愚公害了我们，害了我们的子子孙孙，愚公是我们村的大罪人！"

村民丙："冤有头债有主，我们现在就找愚公的子孙算账去……"

杞人忧地

那个忧天的杞人闹了个大笑话后，闷在家里一连数天不好意思出门，这天实在憋不住了就趁天黑出门散散心。谁知他的眼神不好使，一不小心掉进一个土坑，摔得鼻青脸肿。

"啊呀！"他躺在坑底，好像突然有了感悟似的大叫一声，"天不会塌下来，地则可能塌陷下去啊！万一哪天大地突然塌陷下去，人还不都沉到水底了呀！据说好多海峡好多湖泊都是地面塌陷形成的，住在地面实在是太危险了！"

杞人又愁得吃不下饭、睡不好觉了，眼看着又一天天地消瘦下去。

邻居就劝他："你昨儿忧天，今儿忧地，你怎么不朝好的方面想呢？天是宽的，地是阔的，你把心也放宽阔些，就没有这么多烦恼了！"

"我怎能不烦恼呢？"杞人满面愁容地说，"我上有老下有小，还有一大堆的亲戚，这些亲戚也各有一大家子人，万一地塌陷下去，这么多人该怎么活？"

"如果你怕地面塌陷，那你就住到山上去吧。"又有人劝他说，"你在山顶高高地住着，即使地面下陷，也埋不了你。"

杞人又担忧地说："现在山体滑坡事件很多，住在山上要是遇到山体滑坡，也是灭顶之灾啊！"

"天塌地陷、山体滑坡这些事，都是百年不遇甚至千年不遇一回，你想的太多了。"那人也不耐烦了，又问杞人。"先生你现在做什么呀？是种田还是经商？"

杞人道："我一不种田二不经商，可现在子女们都大了，我把家业都交给了他们，我现在什么事都不做。"

那人笑道："怪不得你整天忧天忧地，原来是个无聊的闲人呀，真是吃饱撑的，没事找事！"

《狐狸和葡萄》新编

又到葡萄挂果的季节。这天，那只狐狸又从架下经过。它举头望着一串串诱人的葡萄，口水都流下来了。它跳了几下，够不着；它爬了几下，也爬不上去。"葡萄还是酸的呢！"它又重复起那句老话。正打算离开，长颈鹿走了过来。狐狸眼珠一转，有了主意。

"长颈鹿，几天不见，你的脖子变短了。看，连这上边的葡萄都够不到了。"狐狸说。

长颈鹿虽然是个哑巴，但它却听明白了狐狸的意思，心说："你这臭狐狸，我的脖子怎么会变短呢？现在我弄下一串葡萄给你看看！"于是它一伸嘴就扯下一串葡萄来，送到了狐狸面前。

"谢谢你，"狐狸接过葡萄边吃边说，"这葡萄真甜，并不像我想象的那么酸！"

凭自身的能力办不到的事情，借助他人的力量常能达到自己的目的。

《黔之驴》新编

　　老虎第一次看见驴，惊呼"庞然大物也！"吓得它撒腿就跑。后来，老虎慢慢靠近驴，并有意惹驴发怒。驴就拿蹄子踢老虎。"技止此耳！"老虎扑过去就咬断了驴的喉咙，美餐了一顿。老虎由此总结了一条经验："愈是庞大之物，愈没什么大本领！"

　　一天，老虎遇见一头象。"它一定也像驴那样空有一副庞然的躯壳，没有什么过人的能耐。"想罢，老虎蹿上去就想撕咬大象的脖子。大象愤怒地挥动长鼻子，卷起老虎往地上一摔，然后又抬腿把老虎踏在足下，把老虎踩成了肉饼。

　　按老一套办事，结局常是很不妙的。

坐冷板凳的"轰天雷"

排在梁山一百零八将中第五十二位的好汉叫凌振，擅使火炮，人送外号"轰天雷"。本来凌振是朝廷的人，当时随呼延灼征讨梁山，他连个照面都不要打，一炮就能把人炸个粉碎，其火炮的威力把梁山好汉们的脸都吓绿了。于是军师吴用设了一计，把凌振活捉，做通了思想工作，成了梁山的一员。

轰天雷凌振上了梁山，也想露几手，让大家看看他的本领。可宋江就是不委以重任，把他当成了空气。

机会终于来了，在攻打大名府时，宋江道："凌振啊，你天天提意见，说不重用你，这次就给你一个机会。"

凌振一听，顿时来了劲，说道："请主公吩咐，兄弟几炮就能把大名府炸个房倒屋塌、人仰马翻，根本不用有劳大军！"

宋江道："打仗就得刀对刀枪对枪，面对面厮杀个你死我活，这才见功夫、识英雄。用你那火炮胜之不武，外人会笑话我们梁山没有好汉哩！"

凌振不解地问："主公让我怎么做？"

宋江道："你混入大名府，到时你弄几声炮响，增加点声势！"

"好钢要用在刀刃上，我这火炮不是爆竹，不是吓唬人的，是用来消灭敌人的。"凌振辩解道。

宋江面色一沉，喝道："这是军令，你敢抗令不遵吗？"

凌振再不敢多语，于是攻打大名府时，他只得放了几声空炮，看着别人肉搏，他的火炮却无用武之地。从此，轰天雷凌振在梁山上一直都坐冷板凳。

是金子总有发光的一天。多年后，在梁山好汉征讨方腊时，轰天雷凌振再次让人刮目相看。那方腊有张"王牌"——妖道包道乙包天师非常厉害，其一把"玄天混无剑"将梁山好汉杀得大败，王英、扈三娘、项充等大将阵亡，连打虎英雄武松也被他砍断了左臂。这时凌振站出来请战道："主公，让我去会会这牛鼻子老道吧！"

宋江本就不看好凌振，心想，手下多员心腹大将都牺牲了，就让他上阵试试吧，多他一个不多，少他一个也不少！

轰天雷凌振得令，上得阵前，二话不说，瞄准那飞扬跋扈的包天师放了一炮，就听一声轰响，再看那包天师，被炸得血肉满天飞。梁山好汉趁机冲上前去，把方腊军打得丢盔弃甲。

得胜回来，宋江不由得叹道："知人善用，方能取胜！而我就是因为不了解凌振，又不善于重用凌振，没让他及时发挥专长，所以才有先前的损兵折将啊！"

武夫打虎

武松打虎一举成名。一武夫听说武松在打虎前一连喝了十八碗酒，就认为武松能打死那只大虫全是酒起的作用，酒壮英雄胆嘛！正巧武夫所在的山中也出了一只吊睛白额猛虎，武夫想自己要是将此害虫打死，不也会举世闻名吗？

一日，武夫来到那山口一酒家门前，喊道："快给俺送上十八碗好酒来！"小二一听，忙将十八碗烈酒端到武夫面前，又切上五斤牛肉。好武夫，端起酒来，咕咚咚一阵狂饮，那十八碗烈酒就进了肚。众人听说武夫要效仿武松上山打虎，都过来劝说。数碗烈酒入腹，武夫头脑更是发胀，更是觉是自己了不得，大手一挥，说道："众乡亲再莫劝阻，俺定将此大虫除了，保一方平安！"说罢，摇摇晃晃走上山岗。

夕阳西下，山林中虎啸声声，只见一阵狂风滚过，那大虫果然来了。武夫醉眼瞅见猛虎，喝道："孽畜，还不过来受死！"说着挥棒就打，谁知脚下一滑，一个趔趄摔倒在地。猛虎不等武夫站起，大吼一声扑了过来。紧要关头，几名闻讯的猎户飞奔而来。猛虎一看，乖乖，来了这么多人，还拿着刀枪，罢了，好虎不吃眼前亏，赶紧溜吧。

见猛虎远去，一名老猎人走过来扶起惊魂未定的武夫，说道："自己没那么大的能力，又照搬别人的经验盲目行动，注定要吃亏啊！"武夫这时酒也吓醒了，他抹了一把额头的汗，羞愧地抬不起头来。

杨志的宝刀

杨志没想到自己能落到变卖祖传宝刀的分儿，他抱着插着草秆儿的宝刀站在街口。这时泼皮牛二摇摇晃晃走来了。

牛二问："你这刀是卖的吗？"

杨志答："是的。"

牛二问："多少钱？"

杨志答："三千贯。"

牛二问："咋这么贵？"

杨志答："这是宝刀。"

牛二又问："我看你这刀就是一把砍柴刀，唬谁呢？"

杨志道："我这刀绝不是普通的砍柴刀，它有三个特点：一是削铁如泥，二是吹毛立断，三是杀人不见血。"

牛二从旁边的铺子硬讨了一些铜钱，在石头上码好，说："你削个我看看。"

杨志手起刀落，铜板一劈两半，刀口完好。

牛二从头上扯下一把脏兮兮的头发，说："你吹个我看看。"

杨志接过头发，放在刀口上，吹了一下，牛二的头发立刻断作两截。

牛二这时就把头伸了过来，说："你不是说'杀人不见血'吗？你杀个我看看。"

杨志后退了两步，说："杀人犯法，我找只流浪狗杀了你看吧。"

牛二眼珠一瞪，说："你说的是'杀人不见血'，不是说'杀狗不见血'。"

杨志见牛二横着脖子找茬，还要夺他的宝刀，就恼了，宝刀一挥，就把牛二放倒在地。

牛二像癞皮狗一样倒在地上，睁着眼睛看着杨志，也看着杨志手中的刀。果然，刃口没见一丝儿血。

宝刀被没收了。监牢里的杨志懊悔地直跺脚："宝刀本应沙场饮血、建功立业，现在却因自己与一个泼皮无赖争强而成了一把杀猪刀。真是愧对祖先啊！"

孔明之叹

诸葛瑾偷偷来到诸葛亮府中，说道："兄弟，今刘备已死，刘禅懦弱，他哪是做帝王的料，干脆一不做二不休废了他，你当皇上。刘备白帝城托孤时不也有此意吗？言说刘禅若不成大器，弟可取而代之。这样，我们诸葛家也出一代帝王，可谓光宗耀祖也。"

诸葛亮忙打断诸葛瑾的话，说道："兄长此言差矣！先帝刘备三顾茅庐请我出山，多年来弟忠心耿耿追随先帝匡复汉室，历尽万难，终建立了蜀国，形成三国鼎立之势。今先帝崩殂，尸骨未寒，曹魏虎视眈眈，蜀国岌岌可危，此时弟当鞠躬尽瘁扶大厦于将倾。怎能乘国之危、窃国之位，此非光宗耀祖，实乃遗臭万年也！"

诸葛瑾又道："弟既无黄袍加身之念，可视小儿刘禅为傀儡，效仿那曹操挟天子以令诸侯，掌控蜀国大权，如此亦与帝王无异！"

诸葛亮道："兄长此言亦不可为。想我孔明一生忠贞、一世磊落，当牢记先帝嘱托，甘为人臣，辅佐后主，决无他念。"

诸葛瑾闻言起身道："我身在东吴，耳闻刘备死而孔明将篡位称帝，心中惴惴不安，故来蜀一探虚实。今听弟之所言发自肺腑，方知路野之言实不可信，愚兄今天可睡个安稳觉了。告辞。"

送走诸葛瑾，诸葛亮叹道："先帝托孤，谆谆在耳；吾信誓旦旦，尽表赤心。岂可背信弃义，忘先帝知遇之恩、手足之情哪！"

司马昭教子

蜀国被灭，后主刘禅被俘，被带到了魏国，司马昭问他："在这里生活习惯吗？"

刘禅道："很好，很快乐。"

司马昭又问："你想不想蜀地啊？"

刘禅道："我在这里生活得很快乐，想那里干什么！"

司马昭慨叹着回到家中，对儿子司马炎说："刘禅的父亲刘备是个大英雄，他创下了一个强大的蜀国，与魏国和吴国形成三国鼎立之势，现在却败落在这个草包刘禅手里，知道这是什么原因吗？"

司马炎道："一定是沉迷后宫，不理朝政所致。"

司马昭道："错！当年刘备身边是诸葛亮、关羽、张飞、赵云这样的人，而刘禅身边却是陈祗、黄皓、谯周这样的人啊！"

司马炎听了父亲的话，说道："儿子明白了：身边聚集什么样的人，就决定什么样的命运！"

司马昭欣慰地点点头，说道："你能悟出这一点，我就放心了！"

果然，司马炎后来成了西晋的开国皇帝，把江山建设得国富民强，一片繁荣，被史书誉为"太康之治"。

真假悟空

真假悟空各舞金箍棒，叮叮当当，展开一场恶斗。

这个悟空使出浑身解数，想置那个悟空于死地。

那个悟空拿出看家本领，想毙这个悟空于非命。

好一番厮杀，两猴从地面打到天上，一路打到南海，又一路打到天庭，再一路打到花果山，后又一路打到阎罗殿……不知打了多少回合，直打得天昏地暗、日月无光。

一个悟空边打边骂道："你这臭妖怪，从哪里复制了俺的行头，打哪里仿造了俺的金箍棒？"

另一个悟空也骂道："你这死妖怪，你打哪里学得俺这七十二般变化？自哪里练就了跟俺一样的拳脚和棒法？"

一个悟空道："你是何方的野仙？连照妖镜对你都不起作用！"

另一个悟空道："你是哪里的神圣？连那观音菩萨都分辨不清？"

一个悟空道："你小子确实能耐不小，连谛听都害怕，知道了真假，也不敢说出真话！"

另一个悟空道："这世道就是充满了真真假假，最后就看谁的功夫高、神通大！"

一个悟空道："假的就是功夫再高、神通再大，最后都会被揭开虚假的面纱！"

另一个悟空道："那咱们最后一站就到如来佛祖那里，看他是否敢说出我们谁真谁假，来个公正执法！"

真假悟空就这样一路厮打，一路吵嚷，折腾到了灵山，来到了如来佛祖面前。

佛祖的判决是公正的。假悟空最后终于被佛祖识破，受到了真悟空金箍棒的惩罚。

真假八戒

八戒见悟空上演了一出"真假悟空"戏后，唐僧从此便对他转变了态度，那个紧箍咒也不轻易念了。八戒想让唐僧对他也优待一些，就如法炮制，弄来一块大石头，吹了一口气，说了一声"变"，变出一个假八戒来。

唐僧大吃一惊，心里那真假悟空闹腾的阴影还没散去，眼前又出现两个八戒，这是什么情况啊？他赶紧问悟空："悟空，这、这怎么又闹出两个八戒来？先用你那火眼金睛看看，能不能分辨哪个是八戒哪个是妖精！"

悟空知道这是八戒的把戏，就笑着对唐僧说："师父，不好分辨！还是让他们回高老庄吧，让他的媳妇看看，两口子的事，一定能分辨清楚！"

唐僧一听有道理，就说："八戒，就按你大师兄所言，快回高老庄去吧。"

八戒正想回去与媳妇团聚一下呢，听唐僧下令，就扯住那个假八戒驾云而去。

没几天，两个八戒又打打闹闹地追上唐僧，两柄钉耙噼里啪啦围着唐僧打得不可开交，扬起的尘土弄得唐僧眼都不能睁开。唐僧叫停道："你两个八戒别再打了，还是去观音菩萨那里，或是直接去如来佛祖那里，让他们辨个真假吧！"

悟空走上来，一把拉住这个八戒，又一把扯住那个八戒，说道："我有个办法能辨出哪真哪假。"

唐僧道:"悟空,快点快点,别耽误事了。"

悟空道:"你们都闭上眼睛,待我安排妥当,让你们睁眼时再看。"眨眼工夫,就听悟空说:"好了,大家睁开眼吧。"

大家睁眼一看,竟都身置一处大殿之内,殿中央摆放一张桌案,案上摆满了美味佳肴。

珍馐美味,阵阵飘香。就见其中一个八戒早按捺不住,口水飞流直下,两个脚丫子像被磁石吸引了似的,直往那桌案移去。到了桌案边,那个八戒再也顾不得许多,挽了两下袖子,甩开嘴巴,开始大吃起来。而另一个八戒像没看见一样,岿然不动。

见那八戒旁若无人的大吃大喝,悟空又拔了一根毫毛,说了声"变",就见那桌案边又出现一个花枝招展的美女。那八戒见了,两眼都直了,顾不得两手油腻,一把拉住,说道:"小娘子,快坐下陪俺老猪喝一杯。"那美女含羞带怯、扭扭捏捏,惹得那八戒一把揽入怀里,就要非礼。

这时,悟空走上前去,一把揪住那八戒的手,骂道:"你这呆子,真是本性不改。走,见师父去。"等把八戒推推搡搡弄到唐僧面前,悟空又从耳里取出金箍棒来,劈头给那个对美味和美色毫不动心的八戒一棒,就听一声巨响,那八戒被打得粉碎。唐僧一看,竟是一堆石头。

悟空这才对那呆愣一旁的唐僧说:"师父,贪吃好色是八戒的本性,看见美味和美女就无法自控的一定是八戒,而看见美味和美女毫不动心的一定是块石头啊!"

真假唐僧

乌鸡国国王竟是妖精变的，文武大臣们听悟空如此说，都摇头摆手，没人相信。这些年，国王日理万机，把乌鸡国治理得风调雨顺、国泰民安，妖精只会吃人，哪会治国安邦啊！

可事实就是事实。大殿上，悟空当众揭开了妖精的面纱，然后举起金箍棒就打。那妖精忙闪身躲开，摇身变成了唐僧模样，跳到真唐僧面前，一晃两转，弄得悟空难辨真假，金箍棒举在半空，不知该打哪个。

众人都无计可施，一向看似愚笨的八戒却道："想弄清哪个是真哪个是假很容易！只要大师兄忍着痛，让师父念那紧箍咒，会念的是真唐僧，不会念的就是妖精。"

为辨出妖精，悟空也豁出去了。让沙僧和八戒一人站在一个唐僧后面，仔细听着。果然有效，沙僧面前的唐僧刚念一句"唵嘛呢叭咪吽"，悟空就痛得在地上直打滚；而八戒面前的唐僧却装模作样在嘴里咕咕噜噜。

"我这个是妖精。"八戒冲悟空喊道。

"妖精，看打！"悟空忍痛来追打那妖精，这时文殊菩萨及时赶到，救了那先冒充国王又冒充唐僧的妖精，原来竟是他的坐骑青毛狮子精。

接着，悟空又到太上老君处讨来还魂丹，救了那乌鸡国国王，盖了通关文牒，师徒四人这才又踏上西行之路。

出了乌鸡国城门，唐僧便夸起八戒来："平日里八戒看似愚笨憨呆，关键时刻却聪慧伶俐。这次多亏他想出的妙计，才辨出那个妖精来。"

悟空道："什么妙计！就是个馊主意，害得俺老孙现在头还痛哩！"

八戒见悟空瞪眼，忙躲到唐僧身后，说道："猴哥，现场那些个护法诸天、六丁六甲、五方揭谛、四值功曹、一十八位护驾伽蓝及山神、土地等神，都大眼瞪小眼，都想不出一个分辨妖精的法子来，你怎么怪我老猪的主意馊？"

沙僧劝道："现在事都过去了，大师兄不要再抱怨二师兄了。"

悟空道："也罢也罢，没伤着师父，又捉了那妖精，能把事儿处理好，俺老孙受点痛苦也值得。"

听悟空口出此言，唐僧叹道："悟空，困难问题面前能挺身而出，这是大丈夫行为。为促使问题尽快解决，甘愿承受强加的痛苦打击，这种担当精神可歌可赞。这次真假唐僧事件再次证明了你的勇敢和忠诚。今后这紧箍咒，为师不再轻易念了。"

听了师父的话，悟空心里暖暖的。

真假雷音寺

　　弥勒佛设计捉住黄眉怪后，悟空救出了唐僧、八戒、沙僧和白龙马，又放出了被关在地窖里的众神，最后一把火烧了那黄眉怪的老巢——假雷音寺，师徒四人这才踏上行程。

　　走了老远，唐僧回头见那假雷音寺还浓烟滚滚、烈焰冲天，就说道："悟空，没想到妖精竟如此大胆，竟敢伪造雷音寺，假扮如来佛祖，可把我们害苦了！"

　　悟空道："坏人什么事做不出？假冒伪装是他们的拿手好戏。刚开始时，我就看出那寺院上空有凶杀气。跟你说你还不信。明明是'小雷音寺'，你却看作'雷音寺'，再次提醒你，你却将我痛骂一通，坚持说遇佛必拜。进去后，你更是不分真假，扑倒双膝就磕头。等看出真假时，一切都晚了，结果我们被妖怪一网打尽。"

　　"是啊！"唐僧道，"看那小雷音寺楼台殿阁、钟磬悠扬，俨然一处佛家圣地。进入大殿，四大金刚、五百罗汉、三千揭谛等排列两旁，还有那如来佛祖正襟危坐莲花台上，那阵势、那场面，想都不敢想都是冒牌货啊！"

　　八戒和沙僧也都羞愧地说："师父是肉眼凡胎，看不出那些都是妖精变的。可我俩也算天上神通广大的元帅、大将，竟也被蒙蔽了双眼，给那些妖怪下跪磕头，真是惭愧！"

　　悟空道："所以凡事都不能光用眼睛看，表面看到的往往不是真实的，一旦吃亏上当、掉进了陷阱里，再后悔已晚了！"

　　"是啊！"唐僧又道，"今后我也要提高警惕，再不能不辨真假，不听劝告，盲目地遇庙就烧香、见佛就下拜了……"

第三辑　系列寓言

金子和沙子

一、被埋没的金子

一块金子被深深地埋在沙砾中，金子挺了挺身，说道："沙粒老弟，请你们闪开一条缝，让我出去，我要放出自己的光华，把自己贡献给人类！"

一粒沙冷冷地说："你休想从我们脚下钻出来，你脱颖而出，还能显得着我们吗？"

"对呀对呀！不能让金子出来，快把它埋下去！"众沙砾一起说道。

——嫉妒心极强的人总是这样，自己不思进取还居心叵测地压制别人！

二、金子的感慨

金子在沙砾中快要窒息了，它再也受不了这种被埋没的痛苦，它努力地在沙砾中左冲右突，终于突出了沙砾的包围，来到了地面。

"啊！这是块金子！"人们发现了它，把它捧在手心里。

金子激动得落泪了，它不由得感慨道："人们说得对，是金子总埋没不住的，是金子总会被发现的。可有时被人们发现，得到社会的认可，还得需要自己不懈地努力啊！"

三、清醒的金子

金子从沙砾中脱颖而出，它受到了很多人的赞美：

"看，它发出的光多么炫目！"

"看，它的质地多么纯正啊！"

面对人们的赞赏，金子清醒地说道："我不过是一块普普通通的金子，假如听了大家的赞美，我就头脑发胀，自己就会重蹈旧辙。而那时埋没自己的将不是沙砾，而是那一束束鲜花和掌声！"

三个帮忙的

一、小猴

一只老猴背着一筐桃子向山下走，迎面围过来几只小猴，它们嘻嘻哈哈地要帮老猴背筐。老猴正累得气喘吁吁，就很乐意地把筐交给了它们。

几只小猴抬着那一筐桃子，走着走着，一只灰猴寻思："这筐桃子连一只老猴都能背动，我只要做做样子就行了，反正有我们哥几个，我何必出傻力气呢！"想到这儿，灰猴便松了劲。

谁知没走几步，筐子就掉到了地上。原来其他小猴也像灰猴一样要起了小聪明。

二、黑驴

老猴背起那筐桃子继续下山，半路上碰见黑驴。黑驴一蹦一跳地跑过来，殷勤地说：

"猴大哥，看把你累的！让我给你驮一程吧！"

"多谢多谢！"老猴正嫌背硌得痛呢，就把桃筐放到黑驴身上。

没走多远，黑驴扭头咬了一个桃子嚼起来。老猴看见了，觉得黑驴帮自己驮筐，就让它吃一个吧。

可没走多远，黑驴又扭头吃了一个桃子。老猴又看见了，就说：

"老弟，你怎么光吃我的桃子呀？"

"小气鬼！"黑驴从鼻子里哼了一声，"世上哪有白帮忙的，有劳就要有得，否则我才不会傻干呢！"说罢黑驴把桃筐从背上卸下来，不顾老猴的阻拦，又衔了两个桃子这才撒蹄而去。

三、狗熊

老猴生气地又背起那筐桃子往前走。这时又遇到了狗熊。狗熊见老猴累得呼呼直喘，就关心地对老猴说：

"老哥哥，你真是聪明一世，糊涂一时，想把这筐桃子弄下山还不容易！来，我教你个法子！"

不等老猴说话，狗熊就一把将那筐桃子从老猴背上夺过来，往山坡上一倒，就见那些又大又圆的桃子像长了腿似的朝山下跑。

"怎么样，还是我这法子省劲吧？"狗熊得意地说。

"你、你真不愧是个狗熊，你以为桃子都是石头蛋蛋呀！"老猴跺着脚说，"你这法子虽省力，可你没想到这个法子会造成啥后果啊！"

等老猴揪住狗熊赶到山脚一看，那些桃子全都成了烂泥巴。狗熊这下傻了眼，才知鲁莽行事不但帮不了忙，只会把事情搞得更糟。

竹子和小草

一、竹子的目标

春天到了，竹子和小草都从土里钻了出来。

小草见竹子一个劲地往上拔节，就问：

"竹子大哥，你长那么快干吗？"

"你看杨树大叔和松树大伯长得多高啊！我也要像它们那样，拔地而起，参天耸立！"竹子自信地说。

"别说胡话啦！要知道它们是树木，而我们是草类！"小草自卑地说，"况且长那么高有啥好处，让狂风吹来摇去，随时都有折断的可能！"

"要想有一番作为，就不能怕挫折和危险！"竹子依然一个劲地拔节生长着。终于，竹子长得又高又大，既可以用来编成各种精美的竹制品，又可以用作建房的材料。

这时，杨树和松树也在谈论着一个共同的话题：一个人追求的目标越高，他所做出的贡献往往也就越大！

二、竹子的志向

第二年。一场春雨过后，竹子和小草又从泥土里钻了出来。

小草见竹子还是一个劲地朝上拔节，就阻止它："慢点长慢点长，你不怕长那么快，让风吹闪了腰呀？"

竹子说：

"不会的，我要快快长高长大。篾匠等着用我做竹篮竹席呢，建筑工地等着用我搭脚手架呢，好多好多的事都等着我去做呢！"

小草听了，大张着嘴道：

"天哪，等你长高长大了，你也就被人从这里锯走了。我才不那么傻呢！"

志向不同，生命的价值就不同。果然，竹子很快长高了，被伐去做了建筑工地脚手架中不可或缺的一员。而小草仍然生活在那里，一直到秋天，还是那么弱不禁风。

三、小草的生命也有了意义

第三年春天，那棵小草又从根部发芽钻出土来。它举目四顾，见身边又冒出许多新竹子来。它们还是突突地拔节，很快就挺起枝干来。

小草又絮叨开了：

"你们这些竹子呀，真是让人搞不懂！你们看看自己身边那些还没腐朽的竹根，那是去年伐木工采伐你们先辈时，从根部锯断后留下的。想想它们被锯断倒地的样子，啧啧，我真为你们竹子感到难过！"

那些新竹子笑道：

"小草啊，生命的意义在于奉献。我们长高了，被伐去派上用场，也就实现了我们生命的价值，这有啥难过的呢？"

小草无言以对，只好低下头深思起来。

秋天又到了，小草被野火点燃，变成了灰烬。在地下，变成肥料的小草被竹根吸收了。

竹根感激地对小草说：

"谢谢你给我们提供了营养，明年春天，我们会长得更快更高的！"

小草也感慨地说：

"我也要谢谢你们，从你们身上，我受到很大的启发。我很高兴现在变成了肥料，因为我的生命也有了意义！"

铁笼和雄鹰

一、傲慢的铁笼

动物园里有个巨大的铁笼，里面生活着许多鸟儿。每天，游客们都围聚在铁笼边，欣赏着那鸟儿的世界。铁笼因此傲慢地说：

"看见了吧，正因为我将你们收留于此，你们才获得人们的阵阵喝彩！"

"哼！"一只雄鹰愤愤地说，"也正是因为你，我们才失去在蓝天中施展双翼的机会！"

二、心怀蓝天的雄鹰

铁笼里的鸟儿真多。有人云亦云的鹦鹉，有善于唱高调的云雀，有好卖弄口舌的百灵，有对事睁一只眼闭一只眼的猫头鹰……它们都生活得快快乐乐的，唯独那只雄鹰孤独地站在一角，想着心事。

"喂喂，伙计，你是不是生病了？"猫头鹰关切地问。

"没有！"雄鹰摇摇头。

"那你怎么啦？你一定有心事吧？"百灵问。

"是啊！"雄鹰说，"我在回忆过去在蓝天里飞翔的日子啊！"

听雄鹰谈论蓝天，许多鸟儿都围过来。

云雀说："蓝天？那儿有什么好！空荡荡的，还要提防人的枪口。哪能跟这大铁笼比，要多安全有多安全！"

"是呀！"鹦鹉接过话来说，"这里有吃不尽的米粒，有甘甜的泉水。想想我们在蓝天中的生活，有这样的保障吗？你还是知足吧！"

"可悲啊！"雄鹰叹息道，"正因为你们满足于眼前的米粒和泉水，这才失去了对蓝天的向往和追求啊！"

三、冲出铁笼的雄鹰

风吹雨打，再加上天长日久，铁笼有一角变得锈迹斑斑。细心的雄鹰有一天发现了这个秘密，于是它天天立于那处被锈蚀的地方，用嘴巴狠狠地啄，用利爪狠狠地撕。

不知多少天过去了，那处被锈蚀的地方终于被雄鹰撕扯出一个缺口。雄鹰忍着被铁丝划破皮肉、扯掉羽毛的痛苦，从那个缺口处钻了出来。刚钻出铁笼的雄鹰边梳理着被扯乱的羽毛边冲百鸟笼里的伙伴们说：

"朋友们，快从这里钻出来；钻出来，大家就自由了。"

众鸟看着钻到铁笼外的雄鹰，像看着一个怪物一样。"飞到外面，你就等着风吹雨淋吧！"云雀说。

"飞进蓝天，你就等着挨饿受冻吧！"鹦鹉说。

......

遗憾的是，没有一只鸟儿愿意钻出来。雄鹰只好叹息着独自向远方飞去。

小鸡落水

一、青蛙呼救

一只小鸡在小河边找虫子吃，一不小心滑进了河水里。一只青蛙看见了，大声喊起来："呱呱呱，呱呱呱，小鸡掉到水里啦！"小鸡在水里挣扎着，眼看就要沉下去了。青蛙还是趴在荷叶上一个劲地喊："呱呱呱，呱呱呱，小鸡掉到水里啦！"

危急时刻，一只长尾猴跳了过来，它敏捷地跳上水边的柳树，用长长的尾巴钩住伸到小河面的柳枝倒挂下来，一伸长臂把小鸡从水里救了上来。

一只目睹了全部经过的喜鹊不由得叹道："由此看来，一万句空喊，不如一次实际行动啊！"

二、青蛙索谢

一天，那只没有记性的小鸡又来到小河边找虫子吃，一不小心又滑进了小河里。"救命呀！救命呀！"小鸡呼救着。

那只青蛙又看见了，它还是趴在荷叶上一个劲地喊："呱呱呱，小鸡掉到水里啦！呱呱呱，长尾猴快来救它呀！"

刚巧那只长尾猴又来到小河边喝水，听到呼救声及时跑了过来，又噌噌几下爬上那棵柳树，来了一个倒挂金钩，把小鸡从水里救了上来。

那只青蛙对浑身湿漉漉的小鸡说："小鸡老弟，要不是我大声呼救，喊来了长尾猴大叔，把你救上来，你的小命就没了，你得捉几只虫子感谢我呀！"

小鸡抖了几下身上的水珠，打了一个喷嚏，说道："青蛙大哥，你游泳的本领那么好，如果在我刚掉下水时，能及时救我上来，而不是无动于衷的空喊，我就不会多喝那么多的水，我更要好好感谢你哩！"

那只喜鹊又完完整整地看到了刚才发生的一幕，它摇头叹道："明明自己有能力做到，却袖手旁观，结果还与别人争功劳、索报酬！真是厚颜无耻啊！"

青蛙听了喜鹊的嘲讽，气得肚子都鼓了。

三、小鸡的悲剧

真是记吃不记打。这天，那只健忘的小鸡又来到小河边找吃的。那只青蛙看见了，忙警告道："小鸡小鸡，你怎么又来这里找虫子呀？你已在这里发生两次危险了，该长点记性了，还是到别处找虫子去吧！"

"我冒着掉进小河的危险来这里找吃的，还不是因为这小河边的青草肥嫩，虫子多呀！"小鸡边说边埋头找虫子。

还真让你猜准了。小鸡又一次掉进了河里。"救命呀！长尾猴大叔，来救救我呀！"真不巧，这一次长尾猴没来小河边喝水，也听不到小鸡的呼救。

鉴于上次喜鹊的批评，那只青蛙赶紧游过来救小鸡，可小鸡现在已长大了许多，身子太重了。青蛙使劲想把小鸡往水边推，可累得呱呱直叫，也没推动小鸡。小鸡沉了下去。

　　喜鹊飞回来了，当它听说了小鸡的悲剧，叹了口气说，"唉，对一个不顾风险、贪图眼前利益，而又没有记性的家伙来说，再深刻的教训都是没用的，最后只能以悲剧结尾！"

黄猫和白猫

一、母耗子的疑惑

主人养了一只黄猫，它尽职尽责地捉耗子，很快把主人家里的耗子捉得一干二净。后来主人又弄来一只白猫，这下黄猫不乐意了，它想："自己辛辛苦苦打下的太平天下，白猫凭什么来坐享其成？哼，不理它。"

白猫见黄猫对它不理不睬，想："有什么了不起，你不理我我还不理你哩！"

就这样，两只猫一直处于冷战状态。

这天夜里，一只公耗子溜进主人家里。黄猫看见了，心想："过去捉耗子的活儿都是我干，现在主人弄来了白猫，就让白猫去捉这只耗子吧！"

白猫看见了公耗子，心想："过去捉耗子的活儿都是黄猫干，哼，现在还让它继续干吧！万一我把这活儿接过来，从此捉耗子的重担就落到我的肩上了。"

公耗子见黄猫和白猫都看见了它，却没有一个扑过来捉它，胆子就大起来，跳上餐桌开始吃主人的点心。

黄猫看见了，本想扑过去捉那只公耗子，可扭头看白猫一动不动，一副神安气闲的样子，它马上又俯在地上，眯上眼睛，打起呼噜来。

白猫见黄猫打呼噜装睡，心里不由得笑道："小子，你就装吧，想让我去捉耗子，你就做梦吧！"想罢，白猫也打起呼噜来。

那只公耗子见两只猫在比赛打呼噜，胆子更大了，放开嘴巴吃个肚儿滚圆才离开。

第二天夜里，那只公耗子带着女友又来到了主人家里，肆无忌惮跳上蹦下找吃的。黄猫看了看白猫，心说："这下你该出手捉耗子了吧！"可白猫仍然纹丝不动，连叫都懒得叫一声。黄猫心里可气坏了，心想："要是过去只有我一只猫，捉这些耗子我义不容辞；现在主人既然又养了白猫，它也得干点正经事，不能光吃闲饭！"

白猫见两只耗子没把它们两只大活猫放在眼里，心里也很愤怒，可扭头见黄猫没有任何反应，也赌气地趴在地上打起盹来，心想："好你个黄猫，有耗子你不捉，在那里憋着劲跟我斗气。好吧，我奉陪到底，看谁去捉耗子。"

这时，公耗子笑着对母耗子说："怎么样，我没说错吧：一只猫时，我们常常小命不保；两只猫时，我们却可以来去自由，想吃啥吃啥……"

母耗子一边啃着火腿，一边疑惑地说："我真搞不懂了，这两只猫是怎么了？看见我们耗子竟然不捉——不是眼神有问题，就是脑子有问题！"

二、多管闲事的由来

主人家的耗子越来越多，主人上班刚走，老鼠就开始出来活动。它们有的上蹿下跳，有的昂首阔步，有的啃啃这里咬咬那里……根本都不把黄猫和白猫放在眼里。

主人的宠物狗实在看不下去了，左扑一下摁死了那只公耗子，右扑一下又咬住了那只母耗子。其他耗子大惊，有一只老耗子道："你这小狗，真是多管闲事！看家护院是你的本职，捉拿耗子是黄猫和白猫的事儿。黄猫和白猫都不过问我们，你怎么能越职逾权、插手别人的事呢？"

还没等宠物狗放下耗子，腾出口来说话，黄猫和白猫一起跳起来，恼怒地说："这位耗子老兄说得很在理！捉耗子是我们分内的事，你乱插手涉足，真是多管闲事！"

宠物狗可气坏了，斥道："你这两个浑蛋猫，自己该干的事不好好干，任由耗子无法无天，你俩却睁一只眼闭一只眼不管不问，反而指责我多管闲事！今天这个事我管定了！"说着，宠物狗又扑上去把那只跟它理论的老耗子咬死在地。其他耗子见了，顿时一哄而散，逃命去也。

三、从分工到合作

主人见家中的物件被耗子糟蹋得不成样子，非常气恼，就把黄猫和白猫叫到面前斥责道："真是白养你们俩，看看家里被耗子祸害成什么样子了？身为两只顶天立地的猫，却任由一群耗子在眼皮底下为非作歹！现在给你们两条路可走，一是捉拿耗子，还家里一个安静；一是把你俩扫地出门，有多远就滚多远！"

黄猫和白猫立马表示愿意捉耗子。主人道："既然愿意捉耗子，就给你们一个戴罪立功的机会，如果再你靠我我靠你，相互推诿扯皮，你俩就喝西北风去吧！"

这时，黄猫说道："主人，你这别墅有两层，为公平起见，我提议一猫一层，各司其职，谁负责的楼层里的东西被耗子损坏或偷吃，你就拿谁是问。"

主人一听有理，就问："你俩谁负责一楼，谁负责二楼？"

白猫想，一楼有餐厅，好吃的多，用餐时主人随便丢个骨头或鱼尾巴，就能啃得满嘴流油！想到这里，忙道："我负责一楼。"

黄猫见白猫抢了先，只好选择了二楼。

可是没几天，白猫就开始闹情绪，吵着说一楼的耗子多，任务太重，工作量太大。原来一楼有餐厅、厨房、储藏间，这些地方都是耗子喜欢光顾之处；而二楼是卧室、书房，这些地方没什么可吃的，能啃的只有书本，可啃起来味如嚼蜡，所以耗子们都很少更上一层楼。

到了夜里，白猫在一楼忙得分身乏术，这里有耗子活动就扑向这里，那里有耗子作响就扑向那里，累得它气喘吁吁、叫苦连天，后悔自己打错了如意算盘。而黄猫稳坐于二楼楼梯口，令耗子们不敢登二楼半步。看着白猫在一楼忙活得汗流浃背，黄猫笑道："小样儿，不是认为一楼有油水吗？想多捞些油水，就别想安生！"

白猫见黄猫在二楼看它的笑话，就道："老兄，我们毕竟生活在一个屋檐下，你就忍心看着我累死，不伸手援助一下吗？"

"这可是你的选择呀！"黄猫道，"既然做出了选择，立下了军令状，就不能怨天尤人、出尔反尔。"

"唉，都怪我太自私了。"白猫接着说道，"老兄，我知道过去我有不对之处，不应该与你赌气斗气，搞得我俩互不待见，以致耗子摸清了我俩的脾气，所以才胆大妄为，践踏了我俩的威名。"

"唉，老弟这番话也让我汗颜！过去我也不该与你斤斤计较，丢掉了我们猫捉耗子的优良传统……罢罢罢，老弟，话说到这个分儿上，我们现在都摒弃前嫌，共同捉拿耗子，重塑你我在主人和那宠物狗心目中的形象。"

接下来的几个夜里，黄猫和白猫并肩作战，把主人家的耗子全部捉拿归案。

见家里又恢复了平静，宠物狗由衷地叹道："闹内讧、搞对立，只会助长歪风邪气，使事情越来越糟；只有和谐相处、团结合作，才能创造祥和、安定的美好家园啊！"

雄鹰捉鼠

一、猫和猫头鹰的抗议

雄鹰在天空盘旋了好久，突然俯冲了下来，大家定睛一看，原来它捉住了一只老鼠。这下小动物们炸了锅，大家展开了激烈的争论。

猫气呼呼地说："狗拿耗子——多管闲事。雄鹰捉鼠这件事可以表明，爱管闲事的，不仅仅是狗啊！我就不明白了，为什么有些人不好好干自己分内的事，偏偏去涉足别人的领域？"

"猫兄批评的有理！"猫头鹰对猫的话一百个赞成，"捉鼠是我们的工作，就是我们也把势力范围分得清清楚楚，你猫兄专捉家鼠，我猫头鹰专捉田鼠。现在雄鹰捉鼠，就是侵犯了我们的权利，我们要向动物法庭提出抗议！"

公正的牛法官听了猫和猫头鹰的申诉，调解道："对作恶多端、做有损于人的坏家伙，人人皆可得而诛之。大家都有见义勇为、扬善除恶的义务，你俩为啥要在权利范围上斤斤计较呢？"

二、野兔和麻雀的批评

雄鹰捉鼠的事件继续受到小动物们的关注。

野兔的两只眼睛都气红了，说道："这只雄鹰一定是脑子进水了。这么大的人物，要是捉个我们野兔或是老母鸡，与它的身份倒还相称。它偏偏去捉那脏兮兮的老鼠，真是太丢面子、太失身份了！"

麻雀也加入了批评的队伍，说道："这只雄鹰一定是喝了迷魂汤了。大人物就得干大事情，捉拿耗子这样的区区小事，一只小花猫就足以胜任。它非要费那么大的劲儿从天上扑下来，要是一个闪失撞到石头上，岂不是自毁英雄形象！"

一只喜鹊飞过来，说了句公道话："大人物做点小事情有什么可非议的呢？大人物不一定天天都要做大贡献，做点有益于人的小事情也应报以赞许的掌声，怎么能背后说三道四呢？"

野兔和麻雀顿时哑口无言了。

三、雄鹰的自白

雄鹰没想到自己捉鼠的事能在动物中间掀起轩然大波。巧了，这天雄鹰在天空盘旋巡视时，发现了一只野兔在啃农民的庄稼，它俯冲下来，两只利爪一探，然后又冲天而起，野兔已成爪中之物。更巧的是，雄鹰捉住的这只正是曾经非议它捉鼠的野兔。

"大英雄，饶了我吧！"野兔挣扎着哀求道。

雄鹰道："麦苗青青时，你偷吃农民的麦苗；豆荚结籽时，你偷吃农民的豆荚；红薯成熟时，你偷挖农民的红薯……这一件件对农民来说，都是犯下的不可饶恕的重大坏事！你说，我能饶了你吗？"

落到一棵松树的枝杈上，雄鹰最后对野兔说道："告诉你，我既不是大人物，也不是大英雄，我就是一只普普通通的老鹰。不管你们是大野兔还是小老鼠，只要危害人类，只要撞到我的枪口上，我就不会放过你们的！"

老鼠父子

一、鼠父临别赠言

一天，老鼠父亲对已长大的孩子们说：

"孩子们，你们现在长大了，以后就应该自食其力了。正好东西南北有四户人家，一鼠一家，现在你们就自谋生路去吧。"

见儿子们转身欲走，父亲又叫道：

"回来！"

四鼠扭头问道：

"老爸，您还有啥话要交代吗？"

鼠父告诫道：

"孩子们，人最讨厌的就是咱们。他们用尽一切狠毒的手段来对付咱们：养猫捉、投毒药、下铁夹……你们步步都要小心啊！"

四鼠道：

"老爸放心，我们会小心提防的。"

父子这才挥爪而别。

二、老大命丧毒药

东邻家。

老大是个很聪明的老鼠。主人橱柜里有两条鱼，老大只舔了舔鱼身。它知道，如果它偷吃一条半条的，主人就会发觉家中有鼠，就会采取防范措施，以后想再偷吃就不容易了。它就偷吃主人那盘虾米，那么多虾米，少个三五个，主人也不会在意。这样过了好多天，老大生活得很好。它也为自己的聪明而自鸣得意。

一天夜里，老大又溜进橱柜，看见有一小碟肉馅。

"好香哪！"老大口水直流。它本想放开肚皮饱餐一顿，可转念一想，还是从长计议吧！今天一下吃光了，明天主人就可能把橱柜锁紧，想偷也偷不上了。想到这里，老大就忍住口水，叽叽叽叽只吃上几口，可还没等它舔净嘴巴，肚内突然痛如刀绞。

"肉里有毒！"老大痛得骨碌一下从橱柜里滚了出来。

这时，主人醒了。他走过来用煤剪夹住那只已奄奄一息的老鼠，说："今天终于逮到你了！虽然你很狡猾，每次只偷那么一点点；可只要你干坏事，就会留下蛛丝马迹，总有被逮到的这一天！"

三、老二命丧瓮内

西邻家。

老二是个很贪吃的家伙。它来到西邻家，夜里钻进主人厨房里，看见鱼呀肉呀就大吃大喝，还把没吃尽的食物拖进洞里。主人气得先是下毒药，可老二不理那些明摆着下有毒药的馒头。主人又弄来一只猫放在家里。可那猫有些懒，一到夜里就呼呼大睡，根本不尽自己的职责。

老二更张狂起来，更肆无忌惮地贪吃主人的食物。

一天夜里，老二嗅到一股肉香。它发现香味是从一口大瓮里飘出来的。老二围着瓮转了一圈又一圈，这时就看到离瓮很近有一把椅子，就哧溜爬上椅子。禁不住肉香的诱惑，老二一跃向那瓮口跳去，可瓮口很滑，它收爪不及，随着惯性就掉进了瓮里。瓮里果然是一块肉，老二再也顾不得许多，大口大口吃起来。

肉吃完了，老二摸摸浑圆的肚皮，这才想起该溜了。可瓮很深，瓮壁很滑，老二怎么也爬不上去了。

天亮了，主人看到瓮里那只肥大的老鼠，咬着牙说："你这坏蛋，只要你改不了贪婪的本性，就不会有好下场的！"说罢，提来准备好的一瓶开水向瓮里哗哗倒去。

四、老三命丧鼠夹

南邻家。

老三精心在南邻家打造一个安乐窝。为了更舒适一些，它把女主人的一件花内衣咬成了碎片，在自己窝里铺了个"席梦思"。嗬，好舒服，老三美滋滋地睡了上去。

睡了一天，老三的肚子开始唱空城计。半夜里，它走到洞口听听，只听见主人甜睡的鼻息，它就大着胆子溜出来。还没走几步，就见一个铁板上放着一个饺子。"这家人真是浪费！好好的一个饺子，竟丢在地上。你们人不吃，我就替你们吃吧！"老三说着就踏上铁板，可嘴巴刚一触那个饺子，就听"啪"的一声响，老三就被铁夹打得脑浆迸裂。

女主人听到响声，披衣过来一看，铁夹夹住一只大老鼠。女主人解气地骂道：

"损害他人而又不计后果的东西，活该如此！"

五、老四命丧猫口

北邻家。

弟兄四个就数老四时运差。那天老四趁天黑溜进了北邻家。谁知刚进屋，一只大花猫"喵唔"一声扑过来，把老四当场抓住。

"我刚到这里，还没做一件对不起人的事，你就把我放了吧？"老四苦苦哀求。

"对你们这些可恶的家伙，难道还要等你们坏事做尽才惩罚你们吗？"大花猫说着就把老四吞进了肚子里。

六、鼠父命丧犬爪

自从四个儿子离开了家，老鼠父亲一直放心不下。

这天夜里，老鼠父亲趁着夜色，到四邻家去探望一下儿子们的生活情况。可转了一圈，也没找到儿子们的踪迹。它的泪水就流了下来——它知道，儿子们全完了！

正伤心往回走，没提防一只花狗扑过来，把它摁于爪下。

"你这狗东西，咋多管闲事呀，快放开我！"老鼠父亲怒斥着那只摁得它几乎喘不过气来的花狗。

"对你们这些专做坏事的家伙，人人都有责任得而诛之，我哪里是多管闲事呢？"花狗说着，爪子一用力，就将老鼠父亲摁成了肉饼……

健忘的鸬鹚

一

几只鸬鹚在水中捕鱼。突然，它们发现一条大鱼。鸬鹚们追上大鱼，左右合围、前后夹击，虽然大鱼力气很大，但招架不住鸬鹚们的围追堵截，几经折腾就被鸬鹚们叼出了水面。

白脖鸬鹚道："若不是我一口叼住鱼头，让它动弹不得，你们再努力也都白搭。"

灰翅鸬鹚一听，不乐意了，说："若不是我叼住鱼尾，让它无法挣脱，就你们几个……哼！"

秃头鸬鹚瞪了它们一眼，说道："若不是我追得快，将大鱼迎头拦住，它早跑没影了。所以这头份功劳应是我的。"

鸬鹚们争执起来，互不相让。那条大鱼这时缓过劲来，从鸬鹚口中挣脱了。

白脖鸬鹚啪嗒几下嘴道："跑了正好，这样就不争吵了。"

灰翅鸬鹚梳理了几下翎毛，也道："跑了好跑了好！"

秃头鸬鹚忽闪了几下翅膀，算是伸个懒腰，说道："是的，再没有比它跑掉让人高兴的了，要不然，还不知争执到什么时候哩！"

从此，鸬鹚们再也团结不到一块儿去，当然它们也捉不到大鱼了。

二

　　鸬鹚们是很健忘的。这天，它们又全力捉上来一条大鱼。渔人高兴坏了，抄起网兜把大鱼捞上来，丢到舱里。

　　渔人偏爱白脖鸬鹚，就奖它一条大鲫鱼；灰翅鸬鹚也挺招人喜欢，渔人就奖给灰翅鸬鹚一条小黄鱼；而秃头鸬鹚呢，头秃毛稀，太难看了，渔人只抛给它一只小虾。

　　灰翅鸬鹚看白脖鸬鹚得意的样子，气呼呼地说："我们出的是一样的力，得到的却不是一样的奖励，渔人太偏心了。"

　　秃头鸬鹚更是气得直嚷："这活没法儿干了，说起来我出的力最大，而得到的却最少。"

　　鸬鹚们又一次决定再不捉大鱼了。每次下河，在渔人的竹篙催促下，它们钻到水里去，捉上三两条小鱼应付了事。

三

　　鸬鹚们在水中捕鱼。突然又发现一条大鱼，这些健忘的家伙又一拥而上，你叼头它叼尾，齐心协力把大鱼弄了上来。

　　太阳落山了，渔人又是满载而归。

　　夜里，白脖鸬鹚碰了碰正在打盹的灰翅鸬鹚道："兄弟，你发现没有？我们今天给主人捉了许多大鱼，而主人还是勒住我们的脖子，只给小鱼吃，付出的和得到的不成正比啊！"

　　灰翅鸬鹚道："就是，若是我们捉的都是小鱼，主人给我们小鱼也就算了，可我们费那么大的劲捉那么多大鱼，他却一条不给我们。"

　　这时，秃头鸬鹚被吵醒了，插话道："以后我们光捉小鱼，就是碰上大鱼也不要捉了。现在除了傻瓜才去做那种出力却不落实惠的事哩。"

　　鸬鹚们再一定决定——不捉大鱼了。

横渡太平洋的蚂蚁

一、爬过航海图的蚂蚁

一只小蚂蚁趾高气扬地爬上巨轮要进行一次海洋之旅。这日，它从船长室里出来爬上甲板，看见一望无际的大海，就问巨轮：

"这是什么地方？"

"太平洋！"巨轮瓮声瓮气地说。

"这就是太平洋呀！"蚂蚁略带惊奇地说，"刚才我在太平洋上横渡了几个来回，连一根蚁毛都没湿。都说太平洋如何浩瀚无边，依我看也不过如此嘛！"

"刚才……你横渡太平洋？"巨轮有点不相信，"你是怎么横渡的？"

"在船长室的那张航海图上，我左一趟右一趟，右一趟左一趟……"

"我明白了！"巨轮打断蚂蚁的话说，"看来人们说的确实不假：越是没有啥本领的家伙，越爱在他人面前吹嘘自己不简单！"

二、不听劝告的蚂蚁

在巨轮上，蚂蚁无所事事，只好东游西逛，无意中它爬到了巨轮的桅杆上。桅杆见这小家伙一个劲地向上爬，就劝道："小家伙，不要再向上爬了。上面风大，小心把你吹到大海里喂鲨鱼。"

"你别瞎操心了，"蚂蚁说，"我又不恐高，在陆地上，那几十米高的参天大树，我都能爬上最高的那片叶子。我目测一下，你这桅杆还没一棵大树高呢，爬上去费不了我多少力气。什么？喂鲨鱼？鲨鱼是什么鱼？我记得有一回我在小河边发现一条死去的鱼，我一个呼哨叫来了几百只蚂蚁，我们一起把那条鱼抬回了洞里，我们吃了好几天哩！——哼，你就别拿鲨鱼吓唬我了！"

见蚂蚁不听劝告，还振振有词地说些大话，桅杆就不再搭理它，任由它向上攀爬。这时，桅杆上的旗帜摆动越来越剧烈，桅杆再次劝告蚂蚁道："快点下去吧，暴风雨马上要来了！"

蚂蚁笑道："你又吓唬我哩！刚才说风大，能把我吹到大海里喂鲨鱼；现在又说暴风雨就要来了，你以为我是被吓大的啊！"

说着说着，暴风雨真的来了，狂风卷着乌云呼啸而来。大海掀起了巨浪，把巨轮差一点掀翻了。暴雨倾盆而下，一下子就把那只小蚂蚁冲个无影无踪。

"一意孤行的家伙总是听不进别人的好言相劝，最终只能自食其果！"说罢，巨轮顶着暴风雨，继续破浪前行。

三、经历大海洗礼的蚂蚁

那只被暴风雨冲进大海的蚂蚁，在巨浪中翻上滚下，魂儿都吓飞了。它一辈子也没经历过这么大的风险，真后悔没听从桅杆的劝告，可现在悔之晚矣！它惊恐地想，难道自己真的被桅杆说中了，会成为鲨鱼的点心吗？

这只蚂蚁是一只幸运的蚂蚁。它喝了一肚皮海水，眼看就要被大海吞没，这时它一脚踏到了一块硬实的物体上，睁眼一看，竟是慈悲的上天给它送来了一块泡沫板。蚂蚁赶紧爬上去，再也不敢松开。

不知过了多久，暴风雨停了，大海又恢复了平静。蚂蚁趴在那泡沫板上，在大海上漂移。看着那一望无际的大海，再想想刚刚发生的惊魂的一幕，蚂蚁无限感慨地说："大海啊，感谢你给我上了这么生动的一课，让我在你的面前、在大自然的面前，清醒地看到了自己的渺小。想想我在巨轮和桅杆面前说的狂傲之言，那真是不知天高海阔，让人脸红啊！"

蚂蚁饥啃泡沫，渴饮海水，在太平洋上漂了不知多少天，终于被冲到了陆地上。不过这时，它虽然横渡了太平洋，可在别人面前却再也不敢吹嘘了。因为经历了这次大海的洗礼，它认识到自己的渺小，变成了一只虚怀若谷的蚂蚁。

鸟王选才

一、如此招贤

鸟王凤凰打算在百鸟中选出一批精英，委以重任。消息传出，百鸟纷纷前来应聘。

凤凰看了一眼猫头鹰，抖抖凤冠道：

"你经常加夜班，工作挺能干，也能吃苦——只是你的叫声太刺耳，听了让人毛骨悚然，你就该干吗干吗去吧！"

凤凰看了一眼孔雀，摇摇头说：

"你经常在大家面前炫耀自己的尾屏，私下里还对我不大服气，认为我还没有你漂亮！我怎能用你呢？"

这时乌鸦挤到凤凰面前，向凤凰道：

"哇——哇——陛下，你看我怎么样？"

"哼！"凤凰不屑地瞥了乌鸦一眼，"我一看你那黑不溜秋的外表，一听你那哑喉咙破嗓子的声音就讨厌！"

猫头鹰飞走了，孔雀飞走了，乌鸦飞走了，其他的鸟儿也都跟着飞走了。

大家还边飞边说道：

"仅凭一些外在的东西和自己的好恶，鸟王永远也选不到贤能的！"

二、如此用才

凤凰决定再度招贤，鉴于上次的教训，它这次改变了选才标准。经过一番筛选，雄鹰、鸵鸟和鸬鹚被选中，凤凰马上对它们进行了工作安排——

凤凰首先对雄鹰说：

"已到蟹黄鱼肥时，你负责捕鱼吧！"

凤凰接着对鸵鸟说：

"山林里的果实成熟了，你负责摘果吧！"

凤凰又安排鸬鹚道：

"现在正是收获季节，百兽会趁机前来捣乱。你飞上天空负责巡逻，发现有野兽出没，及时来通报。"

雄鹰来到湖边，看着蟹爬鱼跃，却无所适从。因为它不会游泳，更没从事过捕鱼的工作。

鸵鸟走进果园，看着满枝累累硕果，也是干瞪眼。因为它既不会爬树，也不会飞翔，只得在树下急得团团转。

鸬鹚扑扇几下翅膀，还没飞半尺高哩。它也只能望着蓝天，慨叹不已。

一天，三鸟同时来到凤凰的宫里，一起递上辞呈。

凤凰不解地问："我对你们都委以了重任，你、你们为什么要辞职不干呢？"

"我们能干的你不安排，你安排的我们永远无法胜任，所以我们只有撂挑子！"雄鹰、鸵鸟和鸬鹚说罢，头也不回地走了。

三、庸才受宠

凤凰见雄鹰、鸵鸟和鸬鹚远去，气得凤冠都歪了。它不相信招不来有本领的鸟儿。

第三次纳贤榜又贴了出来。许多愿为鸟国贡献才能的鸟儿还是不计前嫌再度应招。结果又公布出来了，百灵鸟、八哥和灰喜鹊入围。

三鸟走马上任后，整日围着凤凰转悠。

百灵鸟天天在凤凰左右唱着赞歌儿：

"陛下的翎羽似霞如锦，美丽无比；陛下的舞步婀娜多姿、雍容华贵……"

凤凰听了，高兴得封百灵鸟为鸟国歌唱大师。

八哥在凤凰面前也是低眉顺眼，凤凰说什么它就应什么，然后在鸟国四处传达凤凰的旨意；谁要是说了凤凰的坏话，八哥就原话学给凤凰，许多鸟儿因此受到凤凰的惩罚。凭着八哥这点功劳，凤凰下旨封八哥为鸟国钦差。

灰喜鹊更在凤凰面前巧舌如簧，还净报喜不报忧，它也因此博得了凤凰的欢心。凤凰一高兴，就封灰喜鹊为鸟国丞相……

"谁说朕不会任用贤能？"一天，凤凰召集百鸟声色俱厉地对它们说，"像百灵鸟、八哥，还有灰喜鹊，它们多么有才华啊，工作干得让朕多么满意啊！"

凤凰的话刚落，百鸟就议论纷纷，最后得出一个结论：

"原来鸟王重用的都是一些善于投机钻营、阿谀奉承的庸才啊！"

骆驼打工记

一、在狗熊的肉类加工厂里

因沙漠里颗粒无收，一只骆驼生活无着，只得外出打工。

这日来到一座森林里，看到一家肉类加工厂正在招工。骆驼甚喜，就去应聘。狗熊厂长打量它一番，见骆驼身高力大，就让它搞运输。从此，骆驼起早贪黑，不辞劳苦，为狗熊厂长出力流汗，有时还要加班加点。

一天，骆驼加夜班时，经过狗熊厂长的办公室，里面的谈话引起了它的警觉。骆驼不由得侧耳偷听起来。

"我们厂近日畜肉短缺，狼呀金钱豹呀也说近来兔子呀山羊呀少了，也不容易捉到。你看怎么办？"——狗熊厂长的声音。

"眼前不就有一个大块头吗？"——豺总管的声音。

"你说的是那头骆驼吗？"——狗熊厂长的声音。

"嘿嘿，正是！"——豺总管的声音。

骆驼听到这里不由得大吃一惊，忙趁着夜色赶紧溜出了狗熊的肉类加工厂。

二、在狐狸老板的美食城里

骆驼从狗熊的肉类加工厂里逃出来，一连数天在街头风餐露宿。这天，它终于又冷又饿地昏倒在一家美食城外。

美食城的老板是狐狸。它见一头骆驼倒在门前，就用一盆热汤救活了骆驼。

听了骆驼的一番苦诉，狐狸老板先是大骂了狗熊厂长一通，然后亲切地对骆驼说：

"大兄弟，你既然一时找不到活干，就暂且在我这儿帮着洗涮碟儿碗儿吧。工钱嘛，我会按月开给你的！"

骆驼正愁找不到工作，见狐狸愿意收留它，就感激得热泪直流。

一日，众宾散去。骆驼在收拾碗碟时，一不小心打碎了一个瓷碟儿。这下可闯下大祸了。狐狸老板过来一看，大怒道：

"乡巴佬，你知道你打碎的是什么东西吗？你知道它值多少钱吗？——把你卖了你也赔不起！"

骆驼吓呆了。狐狸老板又大声道：

"你说怎么办吧？要么赔钱，一个子不能少！要么在这里给我卖力三年，且不给一分工钱！"

骆驼哪有钱赔，只得选择了后者。

三、在狼董事长的公司里

漫长的三年终于熬到了头，而这时的骆驼也只剩下一身皮包骨头了。它蹒跚地走出了狐狸老板的美食城，又踏上前途未卜的打工路。正当骆驼在街头艰难地移动着沉重的脚步，迎面碰见了一只狼。

"哎呀！这不是被誉为'沙漠之舟'的骆驼吗，怎么落到如此境地？"狼关切地问。

"一言难尽哪！"骆驼见有人关心自己，就鼻涕一把泪一把地倒出了心中的苦水。

"自古至今狗熊狠毒、狐狸狡猾，你能没听说过吗？"狼义愤填膺地对骆驼说，"对你不幸的遭遇我深表同情！这样吧，我是一家公司的董事长，我现在正缺个帮手；你若不嫌弃，就到我那儿去吧，我不会亏待你的！"

骆驼别无他路，只得随狼董事长来到它的公司里。

第二日，狼董事长把骆驼叫到办公室里，微笑着说：

"你既然来了，咱们就公事公办——签个合同！以后若有个啥事，咱好照合同去办！"

骆驼不知是计，就抬起前蹄踩了个蹄印，算是签字盖章。

天有不测风云。一日半夜，狼董事长的公司突然起火。直见浓烟滚滚，烈焰冲天，情况十分危急。骆驼在扑火中表现得奋不顾身，为狼董事长抢出许多财物，而它自己也被大火烧得皮焦肉绽。

大伙正想把骆驼送往森林医院抢救，狼董事长过来了，它从怀里掏出一份合同对大伙说：

"这合同上说得明明白白，骆驼在我公司打工期间，若发生意外事故，我公司概不负责！现在骆驼被火烧伤纯属意外，所以不论救骆驼花多少费用，我公司概不承担！"

骆驼听到狼董事长的话，顿时气绝倒地……

虎王的"问题"

一、"汇报材料"

"问题都是看出来的。不经常到下边走走看看，你就发现不了问题！"这是虎王常挂在嘴边的一句话。

虎王是这样说的，也是这样做的。这天一大早，它就来到了狼谷，狼王一见，忙出谷相迎。

"狼爱卿，不要紧张嘛！"虎王道，"本王不过是顺路到你这里随便看看！"

没走几步，虎王见路边满眼都是堆积的羊骨，面孔就沉了下来，问道："这是怎么搞的？到处垃圾如山，苍蝇扑面，马上到本王洞府汇报一下这些问题如何整改！"

"是是是，我马上就去汇报。大王息怒，大王息怒！"狼王点头哈腰地说。

虎王回到洞府，屁股还没坐定，狼王已紧随而至。狼王毕恭毕敬地说："大王，我给您汇报来了！"

"先把汇报材料呈上来。"虎王大吼一声。

"来呀，快给大王呈上'汇报材料'！"狼王朝洞外喊道。十匹狼卫士应声而入，当然每只狼都拖了一只肥羊。

虎王顿时笑逐颜开，咕咚咽了一下口水，对狼王说："狼爱卿，很好很好！有机会本王再到你那里看看，你也经常到本王洞府汇报汇报，这样就不会有什么问题了！"

"是是是，欢迎大王经常到狼谷走走看看。"狼王说罢，就在狼卫士的簇拥下阔步走出虎王洞府。

"没问题了吗？"众狼卫士问狼王。

"还能有啥问题？"狼王感叹道，"只要虎王收下了我们的'汇报材料'，所有的问题就都不是问题了！"

后来，虎王去了狗熊岭，"问题"看出了一大堆，熊王也备好解决"问题"的"汇报材料"——五十只野兔——来到虎王洞府，于是狗熊岭的"问题"也不是"问题"了。

后来，虎王去了百狐山，"问题"看出一箩筐，狐王不慌不忙地备好解决"问题"的"汇报材料"——一百只鸡鸭——来到虎王洞府，于是百狐山的"问题"也不是"问题"了……

后来……

后来……

后来……

——只要找准解决问题的症结，对症下药，问题都会迎刃而解。大家明白了这个道理，摸清了虎王的心思，都备好解决"问题"的"汇报材料"，所以大家的"问题"都不是什么"问题"了。

二、"事变知兽心"

这天，虎王又处理了一些下属们呈送的"汇报材料"，拍了拍鼓起来的肚皮，又开始盘算下一步该去谁的辖区看看，再随便看出那么一点儿"问题"，以后几天自己肚子的问题也就解决了。好多天没去狼谷了，今天还去那里转转吧，狼王这家伙的脑壳还是挺灵活的嘛。打定了主意，虎王便走出洞府，直奔狼谷。

去狼谷要经过一个山涧，过去虎王到此只需一跃，即可轻松越过山涧。可这次不知是因身体发福重了许多，还是刚吃饱了撑得施展不开劲儿，反正是一跃而起，没能跳到对面，而是从半空掉落下去，扑通一声摔到崖下。幸亏虎王命大，没摔成一团肉饼，只是摔折了一条后腿。虎王只好一瘸一拐地回到洞府休养。

不幸的消息总是会"长翅膀儿"。很快，整个山林都知道虎王从山涧掉下去，摔折一条后腿的事儿。大伙都在心里拍手称快，但没有一个喜形于色。它们动物界这一点与人类还真不一样。要是在人类中，主子摔断了腿，下属们一个一个定争先恐后提着礼品来探望，嘘寒问暖，以示关心，从而博得主子的好感，以后得以提拔重用。反正，虎王摔伤后，它躺在洞府里，左等右等，也没有一个哪怕提着一只蚊子来看望它。虎王很是恼怒，就忍住疼痛和怒火拨通了狼王的爪机（人类的叫手机，兽类的叫"爪机"）：

"喂，狼爱卿，我前一阵子本想去你那里看看，可走到半路，从山涧掉下去了。一只后……后腿摔伤了，你马上到本王洞府来'汇报'一下最近狼谷存在的'问题'。"

"大王，狼谷先前的'问题'现在都整改完毕。对不起，我现在正与新婚的狼后在火星上度蜜月呢，没法去您那儿了。听说大王摔断了后腿，还是等您把伤养好后自己来看看有没有'问题'吧，哈哈哈……"听了狼王连嘲带讽的话，虎王气得吹胡子瞪眼，刚想臭骂狼王几句，可狼王早把"爪机"挂了。

"问题"很严重，虎王的肚子确实饿得受不住了，它再顾不得尊严，又拨通了狗熊岭熊王的"爪机"，让熊王前来"汇报问题"。

"我远赴北极开宗亲大会——续熊族家谱呢，现在就是插翅也飞不回去……"熊王说罢就"啪"的一下挂了。

虎王气得七窍生烟，又拨通狐王的"爪机"，命令狐王速速送来"汇报材料"：

"大王，过去借您的威风，在百兽面前显摆了一把。看在这个分儿上，我本应……喂、喂、喂，这破'爪机'咋没信号了……"狐王假装听不到虎王的声音，也"啪"的一下挂了！

虎王气得把"爪机"摔到地上，这时它算明白了：过去它叱咤风云、威震山林，狼王、熊王、狐王等对它毕恭毕敬是慑于它的神威，现在见它陷入窘困，就都露出了冷酷无情，而且幸灾乐祸的嘴脸。它舔抚着那条断腿叹道："人类常说：'患难见真情，事变知人心'！这话用在我们兽类身上也是一样啊！"

三、"负枝请罪"

狼王、熊王、狐王等掰着爪子，计算着虎王受伤的日子，想象着虎王躺在洞府挨饿的样子。过了九九八十一天，狼王想，虎王现在一定该饿成一张虎皮了。于是它就暗中派手下一只红斑狼去打探打探。巧得很，熊王这时也派了一头白爪熊，狐王派了一只火狐狸，都是让它们去打探一下虎王的生死。在虎王洞口，三个探子相遇了。更巧的是，这三个探子都是精明的探子，都不是空爪而来。红斑狼路上顺便抓了一只小羊，白爪熊捉了一只野兔，火狐狸叼了一只老母鸡。

三个探子探头探脑地走进虎王的洞府，刚走几步，就听见如雷的呼噜声。

"原来虎王还活着！"三个探子齐声惊呼。

警觉的虎王听到动静，大吼一声，扑了出来。三个探子连滚带爬跌出洞口，忙跪地求饶道："大王，我等惊扰了您的美梦，请大王饶恕，还请笑纳我们的一点心意！"

"你们来干什么？"虎王看了一眼它们手中的东西，用舌头舔了一下口水问。

"我们是领命来看一下大王的伤势好了没有？"红斑狼、白爪熊和火狐狸一起答道。

"是狼王、熊王和狐王让你们来打探一下，看我是不是饿死了吧？快快如实招来，不然让你们三个有来无回。"虎王二目如电，憋在胸中的怒火又发作起来。

"是、是、是的，确实是让我们来打探您是不是饿死了。它们还准备庆贺一番呢！"三个探子吓得结结巴巴，只得实话实说。

"果不出我所料，看本王如何处置这三个家伙！"虎王说着又缓和了口气问，"你们提的东西是你们主子的意思，还是你们自己的心意？"

"是我们自己的心意，是我们特地献给大王的！"三个探子真希望自己多个心眼带的东西能成为自己的救命稻草。

果然，虎王转怒为喜，说道："你们三个很精明、很有培养前途，本王心中有数啦。你们回去转告你们的主子，告诉它们我腿伤好了，而且身体比以前更健壮勇猛！"

为证明这一点，虎王大吼一声，就见飞沙走石、地动山摇；接着虎王又腾空跃起，身疾如电，跃上对面数丈高的石崖，转眼之间，又纵身跃回地面。虎王面不改色、心不跳地对三个探子说："速速回去，各向自己的主子禀报，让它们以自己最快的速度赶来，向我汇报一下在本王受伤期间，它们自身存在的'问题'！"

狼王、熊王和狐王听了探子的禀报，都吓得魂飞魄散。各自备好厚厚的"汇报材料"，身上还各背着一根树枝，火速赶到虎王洞府。

"大王，这是我给您准备的一百只肥羊！"狼王道。

"大王，这是我给您准备的五百只野兔！"熊王道。

"大王，这是我给您准备的一千只鸡鸭！"狐王道。

"东西还蛮丰厚的嘛，但这些已难以解决你们自身的'问题'了！"虎王毫不动心地说，"你们身上还背个树枝做什么？是不是学人类中那个老将廉颇，来'负荆请罪'吗？"

"是的，请'大王不计小王过'，饶恕我等吧！"狼王、熊王和狐王哀求道。

虎王还是不为所动，它吹了一下胡子，若有所思地说道："'负荆请罪'这个成语故事，本王小时候就听说过，现在还记忆犹新。好像廉颇是光着膀子背荆条请罪，那才是诚心诚意知罪认罪。你们披着一身毛皮背树枝，这是没有真正认识到'问题'的严重性，还是让本王把你们的毛皮扒下来，你们也光着脊梁背那根树枝吧！"

转眼工夫，狼王、熊王和狐王就成了光溜溜的肉身，躺在地上只有出气的分儿了。很快，它们的毛皮都张贴在各自的山头，成了不关心领导的痛痒还幸灾乐祸的示众的标本。很快，新的首领们产生了：红斑狼成了新的狼王、白爪熊成了新的熊王、火狐狸成了新的狐王。

乌龟晒背

一、不听劝的小乌龟

骄阳似火，乌龟们瞅瞅四周无人，便爬上岸来晒背。一只小乌龟见不远处有个小树林，就想爬过去看看风景。

"快回来，那里有危险。"一只乌龟赶紧劝道。

"你不能走太远，要是人来了，你跑不及，会被人捉去的。"又一只乌龟劝道。

"哪有什么危险？哪会有人来？真都是胆小鬼。"小乌龟说着头也不回地向小树林爬去。

人知道在太阳正午时，乌龟们喜欢爬上来晒背，就远远地躲着，瞅见乌龟上岸就跑来捉。果然，一个人发现了这几只乌龟，飞奔着跑来。乌龟们慌了，都骨碌骨碌往水里滚……

那只已爬到小树林边的小乌龟见有人跑来，也赶紧往水边爬，可它已离岸边很远了，见跑不脱身，就把头尾缩进了壳里，一动不动。可很不幸运，它被人发现了。人走来，很轻松地捡起它放进了竹篓里。

不听别人的善意劝阻，结局常常很可悲。

二、贪吃的大乌龟

过了几天，乌龟们又爬上岸来晒背。乌龟们已把前几天有个同伴被捉的事忘到九霄云外。正晒得暖暖乎乎，一只大乌龟扭头看见沙滩上有一个小鱼干，它的口水就流出来了，于是起身向那个小鱼干爬去。其他几只乌龟也看到了小鱼干，都争先恐后地爬过去。

"这是我先发现的，应该归我。"大乌龟怒气冲冲地说。

"我们也看到了，你不能独吞。"其他的乌龟边爬边嚷。

毕竟大乌龟先爬一步，它抢先爬到小鱼干旁，见其他乌龟过来抢，它赶紧张口把小鱼干叼到嘴里。没想到那条小鱼干连着一条线，原来那是人故意丢下的一个钓饵。等大乌龟发现是个圈套时，一切都已晚了。小鱼干里尖尖的钩已钩住了它的嘴巴，无论怎么甩，也甩不开了。

其他乌龟吓坏了，都纷纷掉头连滚带爬往河里逃。这时，那个人又高高兴兴地跑来了，把那只中计的大乌龟捡起来丢进了竹篓里。

有时看是一个馅饼，其实是一个陷阱。

三、共同的归宿

在一个水缸里，大乌龟与小乌龟相见了。

"你怎么在这里？"大乌龟问。

"你怎么也来了？"小乌龟问。

"我是想吃独食，结果却上了钩，才落个如此下场。"大乌龟懊悔地说。

"我是抱着侥幸心理，不听大家的规劝，才弄到如此地步。"小乌龟也叹息道。

又有一只乌龟被捉来丢进了水缸里。

"二叔，怎么你也被捉来了？"大乌龟忙游上前问道。

"我爬上沙滩晒太阳，那沙滩软软乎乎、热热乎乎，太舒服了，我就弄个窝，想在里面安安乐乐享受一下，我怕在沙子里憋闷，就留了出气的洞孔。没想到就是这个漏洞暴露了我，被人捉了来。""二叔"难过得说不下去了。

又有一只乌龟被扔进了水缸。

小乌龟一见，也认识，就上前问道："大舅，怎么是您呀？"

"我在沙滩正晒太阳，见旁边有个挺深的沙坑，伸头一看，见坑底有几片蚌肉，我流着口水就骨碌了下去，结果爬不上来了！""大舅"叹息着说。

……

很快，水缸里便挤满了大大小小的乌龟。

自私、贪婪、禁不住诱惑……谁拥有这些本性，谁的结局就不乐观。

四、乌龟们的讨论会

水缸里，乌龟们你挤我压你，一刻也安静不了。

"大家不要挤不要闹，我提议现在召开个讨论会。"大乌龟道。

"讨论什么？"小乌龟问。

"现在讨论一下、也反思一下，我们混到今天这个地步的原因是什么？"大乌龟说。

"还能是什么原因？都是晒太阳的结果！"大乌龟的"二叔"气呼呼地说。

"是的，这笔账要好好跟太阳算算，它就是造成我们被捉的罪魁祸首。"小乌龟的"大舅"气得眼珠子都瞪出来了。

"是的，都是太阳惹的祸，我真想把它从天上扯下来撕成碎片！"大乌龟咬牙切齿地说。

"唉，要是能再回湖底，我永远不愿再看太阳一眼！"小乌龟唉声叹气地说。

水缸见乌龟们闹哄哄的，再也听不下去了，说道："你们中有第二个被捉时，就应反思一下，是什么原因促使你们冒险爬上岸来？是什么原因让你们一个接一个地被人捉来？"

见乌龟们大眼瞪小眼，水缸继续说道："你们是不愿自己承认的，现在我就替你们说出来：你们是贪图享受、贪图美食、贪图……总之，就是一个'贪'字造成的，怎么能怪罪太阳呢？——你们的脸皮真是比你们的龟壳还厚啊！"

乌龟们见水缸揭了它们的老底，顿时如泄气的皮球，都把头缩进壳里，再也不七言八语地喧闹了。

有些人就是这样：出了问题不从自身找原因，本来是咎由自取，却一味地怨天尤人。

狐秘书纪事

一、狐狸的尴尬

一天，虎王带着狐秘书到狼群中走访，狼头领热情款待了虎王一行，临走时还送虎王几大包腌制羊腿，顺带着送狐秘书几小包腌制兔头。回去后，狐秘书品尝一下，感觉非常可口。这天，它就单枪匹马来到狼窝，想再从狼窝里弄几包兔头尝尝。

狼头领见是狐秘书自己来的，就安排手下说："一个小小的卒子，不要理睬它。"

狐狸碰了一鼻子灰空手而归，路上碰见了豺头领，便道："上次跟虎王一起来狼群，狼头儿又是热情招待又是大包小包的礼品。为什么我这次来，这狼头儿连面都不见，更别说给礼品了。"

豺头领笑道："上次你是跟虎王一起来的，狼头领是看虎王的面子，才顺带把你当成座上宾。这次是你自己，所以人家才不把你当回事！"

狐秘书听了豺头领的话，咬牙切齿地说："这笔账先记着，早晚我要让这该死的狼头领知道我的厉害！"

二、熊头领的精明

又一天，虎王带着狐秘书到熊山调研，熊头领也热情款待了虎王一行，临走时送了虎王一百只野猪腿，顺带着送狐秘书五十只野猪腿。后来，狐秘书又隔三岔五自己去熊窝，熊头领每次都好吃好喝招待，临走还让狐秘书满载而归。

一个手下看不下去了，问熊头领："头儿，那狐狸就是一个小秘书，您为什么如此抬举它呢？随便打发一下不就行了？"

熊头领笑了，说道："可不要小看虎王身边的人，有时它一句好话，胜过我们进献虎王一百只野猪腿！"

果然，狐秘书在给虎王写讲话材料时，把熊头领写成优秀头领的楷模，而把狼头领写成不务正业的反面典型。反正虎王每次会上都是埋头念稿子，狐狸秘书怎么写虎王就怎么念。

三、狼头领的感叹

狼头领在大会小会上挨了几次点名批评后，突然明白自己受批的原因了，赶紧安排得力助手给狐秘书送去一批腌制羊腿和鲜活牛排。

"这个狼头领明明是一匹狼偏偏长一双狗眼。"狐秘书边嚼着狼王送来的礼品边骂道，"当初要是不用那双狗眼看我，哪会有虎王的这几次训斥，今天它终于明白过来了！"

果然，在不久召开的一次动物代表大会上，虎王满口喷着唾沫念狐秘书写的长篇讲话材料，坐在台下的狼头领果然听到了虎王的称赞，表扬它近期工作成效显著，把狼群管理得井井有条，值得其他头领学习。

狼头领叹道："看来，在官场上混，再小的角色都不可小觑啊！一旦得罪了，处处都可能会受打击报复；而一旦打点到位，又能胡编乱造，把你夸得像一朵花儿似的。"

四、虎王的爸爸病了

一天，有个小爬虫爬进了虎王的爸爸老虎王的鼻孔，老虎王"阿嚏"一下打个喷嚏。狐秘书赶紧把老虎王送进了动物医院，开了个特护病房，准备住院长期治疗。可大家忙上忙下，从头检查到尾也没查出老虎王有啥毛病。在病房里，狐秘书侍候着老虎王，感到很无聊，它眼珠一转，就掏出手机，先给狼头领打电话：

"喂，是狼头领吗？对对，我是狐秘书，告诉你，虎王的爸爸病了，住在动物医院重病房，熊头领、豺头领、野猪头领等都来探望了，就差你了。所以我通知你一下，万一你狼头领没来探望，虎王一气把你拿下，你可就因小失大了！"

挂了狼头领的电话，狐秘书又拨通熊头领的电话：

"喂，是熊头领吗？我是狐秘书，告诉你，虎王的爸爸病了，住在动物医院重病房，狼头领、豺头领、野猪头领等都来探望了，就差你了。所以我通知你一下，万一你熊头领没来探望，虎王一气把你拿下，你可就因小失大了！"

……

没多久，老虎王的病房里就堆满了各路头领送来的山珍野味。这天，虎王抽空来病房看爸爸，看见小山一样的礼品，又听了狐秘书的耳语，笑道：

"你这家伙，脑瓜子灵活，会办事，将来前途无量啊！"

狐狸听了虎王的夸奖，心里美滋滋的。

五、狐秘书高升

狐狸给虎王当了几年秘书，虎王念其有功，总想找个机会提拔重用它。可巧，狐头领弄个"狐假虎威"事件，虎王趁机把狐头领撤了，委任狐秘书当了狐头领。

狐秘书当上了狐头领，官职是升了，可它发现，再给狼头领、熊头领和野猪头领等电话联系，安排个事项，这些头领都不大买它的账了。

这天，狐头领给狼头领打电话：

"老兄，听说你又腌制了不少兔头，味道跟原来一样不一样啊？"

狼头领不耐烦地说："味道一样。过去给你送了很多，你也该吃腻了，今年就省了吧！"说完就挂了电话。

狐头领又拨通了熊头领的手机：

"老哥，听说你弄了不少上等好蜜，能不能让老弟也尝尝鲜呀？"

熊头领没好气地说："今年的蜜我还没吃一口呢，为什么要让你尝尝鲜？你以为你还是……"话还没说完，熊头领就挂了电话。

因为跟豺头领关系亲密些，狐头领就拨通了豺头领的电话，把给狼头领和熊头领打电话遭挂的事说了。

豺头领笑了，说："过去你是虎王的秘书，你的命令往往就是虎王的命令，谁敢不听？你现在不再是虎王的秘书了，你是狐族的头领，跟它们一个级别，论实力还没有它们强大，所以它们没必要再巴结你、惧怕你，你的话也就没有了分量！"

"原来是这样。"狐头领叹道，"真是官场有冷暖，人走茶就凉啊！"

鲁逊糗事

一、鲁孙改名

有一个叫鲁逊的人，没念过几天书，他听说鲁达、鲁迅都是名人，兴奋地想：他们一个名"达"，一个名"迅"，都是"走之底"。我名"孙"，虽有鲁氏子孙之意，但这个"孙"也有"龟孙""鳖孙"等骂人的意思，我也改个"走之底"的，沾点祖上的光。

鲁孙查了一下字典，还真有"逊"这个字，而且还是"谦逊"的意思，挺好。于是鲁孙正式改名为"鲁逊"。

有其名，若无其实，再改也是个"孙子"。

二、鲁迅第二

鲁逊把鲁迅像恭恭敬敬摆在书桌上，发誓要成为文坛第二个鲁迅。

翌日，有朋友喊他去喝酒，他无视鲁迅严肃的脸，丢下笔欣然前往，直喝得大醉而归；第三日，有朋友打电话说"三缺一"，他又推开纸应邀而去，结果又赌了个通宵……

一天天过去了，鲁逊一个字也没写出来。后来鲁迅像上落满了灰尘，再后来，连鲁逊自己也不知道他把鲁迅像扔到哪里去了。

有理想却不付诸行动，只能是空想。

三、无根之柳

一天，鲁逊找来《水浒传》，翻看了花和尚鲁智深鲁达的相关篇章，鲁逊对鲁达"倒拔垂杨柳"这段印象很深。他想如果自己也学鲁达"倒拔垂杨柳"，拍成视频上传网上，一定能成热门，他也就成了网红，当然也就成了名人。想到这里，他照照镜子，发现自己长得五大三粗跟书里描述的鲁达还真有点像。于是他到美发店刮个光头，自认为更与鲁达一般无二。

郊外河边有棵碗口粗的垂柳，鲁逊约了数十酒朋赌友来看他力拔垂柳。鲁逊赤膊上前，拉开架式，喊道："准备好了吗？"众人忙举手机准备拍摄。就见鲁逊抱紧垂柳，弓腰踏步，双臂一用力，在众目睽睽之下，他还真把垂柳拔了出来。垂柳轰然倒地，鲁逊举臂欢呼。

众人大惊，一个道："这鲁逊是不是吃了大力丸呀！"

一个道："鲁逊这回要上热门、成网红了！"

可大伙走到跟前一看，原来垂柳的根全被人砍掉了。

"鲁逊，垂柳的根是你事先砍掉的吧？"有人问。

"这、这……"鲁逊被问得脸红脖子粗，结结巴巴说不出话来。

众人见鲁逊的窘样儿，都哈哈大笑起来。

弄虚作假，只能落个笑话。

四、最好的屠户

文不成，武不就，鲁逊感到非常苦恼。这天，他找到同族长辈诉苦。长辈问："孙儿，你不要再盲目仿效别人了，告诉我，你最喜欢干什么事？"

鲁逊想了想，说："我爷爷是杀猪的，我爸爸是杀猪的，我从小就喜欢看爷爷和爸爸杀猪。我二十多岁时，一头大肥猪，我一手抓住前腿一手抓住后腿用劲一掀就能摁倒在地，然后拿绳子三下两下就捆绑结实，然后弄到案上，白刀子进红刀子出，那个痛快……"

长辈见鲁逊说得眉飞色舞，不等他说完，就笑道："孙儿，我看你还是去干你们家传的老本行——杀猪吧！'砍准一把刀，撑好一杆秤'，记住我这话，你一定能成为最好的屠户。"

听了长辈的忠告，鲁逊回家收拾出爷爷和爸爸传下来的屠具，又锃磨一新。没多久，鲁逊的肉铺便在菜市街开了张。还别说，鲁逊卖肉还真有一手，你说砍一斤肉，鲁逊拿刀啪的一砍，往秤上一称，保准不多不少。久而久之，鲁逊的肉铺因"刀口准"和"秤头准"受到大家的好评。

一天，鲁逊欢喜地数着钞票，想起自己过去那些糗事，他不由得叹道："踏踏实实干好自己喜欢干的，强于好高骛远去做那些不切合实际的，我现在总算明白这个道理了。"

月牙湖风波

一只黑天鹅

美丽的月牙山下有一个美丽的湖泊——月牙湖，湖里有一些天鹅，其中有白天鹅，也有黑天鹅。白天鹅占大多数，黑天鹅只有那么一只。

白天鹅们常常欺负那只黑天鹅，因为白天鹅数量多、又霸道，月牙湖的大部分水面都被白天鹅们占领了。那只黑天鹅则被排挤到月牙湖的一角。

白天鹅们在湖面追逐嬉戏。看到那热闹的场面，那只孤单的黑天鹅不由自主地游了过来。一只肥大的白天鹅嘎嘎地喝道："滚远点，我们是高贵的白天鹅，你这卑微的黑天鹅没资格跟我们一起玩儿。"黑天鹅听了，只好无奈地游走了。

又一天，黑天鹅游到那片水草肥美的水域想打打牙祭。一只粗脖子白天鹅怒气冲冲地游过来驱赶它，还嘎嘎嘎地骂道："滚远点，这里是我们高贵的白天鹅的领地，你这又黑又脏的家伙，别污染了我们的水质！哼，给你留那么一角浅水湾，我们已是很大方啦！"

又有一天，那只黑天鹅看见一只白天鹅独自在月牙湖中央顾影自赏，雄性荷尔蒙促使它向那只白天鹅游去。可不得了啦，就见两只白天鹅扑扇着翅膀飞了过来，拦住了黑天鹅的去路，还破口大骂道："你这黑不溜秋的家伙，也不在水里照照自己的样儿，竟想打我们最美的高贵的白天鹅小姐的主意！——门不当户不对，你就死了那份心思吧！"

黑天鹅只好难过地游走了，它边游边叹息道："你们白天鹅难道生来就是高贵的吗？难道高贵是由肤色和外表决定的吗？这真是自以为是的可笑偏见啊！"

两只黑天鹅

景区管理人员又弄来一只黑天鹅放入了月牙湖。这是只雌的黑天鹅，它的到来，让那只雄的黑天鹅有了伴儿。不久，两只黑天鹅就迸出爱的火花，游到了一起。

这天，两只黑天鹅斗胆游到湖面中央。

"这里湖面真开阔呵，我们舒展舒展筋骨吧！"雌黑天鹅扑扇着双翅，嘎嘎地说道。

"亲爱的，小声点。"雄黑天鹅紧张地说。

话音没落，就见几只白天鹅飞快地游过来，嘎嘎叫道："你们两个低贱的黑鬼，真是吃了豹子胆了，竟敢到我们的领地来！"

见那些白天鹅来势汹汹，雄黑天鹅赶紧说："亲爱的，你快走，我来断后。"

雌黑天鹅说："我不走，要死就死在一起。"

雄黑天鹅道："别傻，你快回那湖湾里去，我会平安归来的。"

雌黑天鹅含着泪，赶紧游走了。游到安全地带，它回过头来，直见那几只白天鹅围着雄黑天鹅正起劲地啄着。雌黑天鹅的双眼于是被泪水蒙住了。

雄黑天鹅终于回来了，它的身上被白天鹅们啄得都是伤痕，还被啄掉了好多羽毛。

一个黄昏，两只黑天鹅在湖边游玩，雄黑天鹅看着远处那些高傲的白天鹅，心情沉重地对雌黑天鹅说："这几年，我受够了那些白天鹅的欺侮。它们白天鹅真那么高贵，我们黑天鹅真这么低贱吗？如真是这样，亲爱的，假如你与那些白天鹅有了亲近，我不会怪罪你的……只要能改变我们黑天鹅的血统！"

"老公，你不要胡思乱想！"雌黑天鹅说道，"我从远方来，知道一些远方的事。不光我们天鹅有黑白之分，在好多地方，人也有黑白之别。"

"人也有黑人和白人吗？"雄天鹅没离开过月牙湖，不知湖外之事，就问道。

"是的。在好多地方，人也有黑白品种，白人也常鄙夷和欺负黑人。人类亦如此，何况我们禽类呢？再说，高贵与低贱与血统无关。白天鹅自高自傲，血统不一定就高贵；我们黑天鹅不卑不亢，血统不一定就低贱。而对于我们神圣的爱情来说，那华而不实的外表和自我标榜的高贵根本不值一提。"

听了雌黑天鹅的话，雄黑天鹅紧紧地贴在雌黑天鹅身边，用喙爱抚地梳理着雌黑天鹅的羽毛。从此，它们在那湖面的角落里相亲相爱，出则成双，入则成对，再不理睬那些白天鹅的挑衅。

三只黑天鹅

景区管理员不知从哪里又弄来了一只黑天鹅，不过这是只雄黑天鹅。

月牙湖又不平静了，两只雄黑天鹅打起来了。原来是先前的那只雄黑天鹅为保护自己的爱情而斗，后来的那只雄黑天鹅为抢夺别人的爱情而拼。

从早到晚，两只雄黑天鹅你啄我、我啄你，弄得湖面上黑羽纷飞、嘎嘎的杀声阵阵。惹得那些白天鹅纷纷来看热闹。

一只白天鹅说："看到了吧，因为私欲膨胀，所以才生是非和殴斗。这就是黑天鹅们的劣根性。"

一只白天鹅说："说它们黑天鹅低贱还不承认，看它们为挣一个母的啄破脸皮，拼得你死它活的样儿，真够恶心。"

又一个白天鹅说："这种没修养没素质的粗鲁行为，在我们雍容高雅的白天鹅中间是不可能发生的！"

……

两只黑天鹅之间的战争，一直在持续。任那只雌黑天鹅怎么调解也无济于事。

四只黑天鹅

解决问题要找准问题的症结。聪明的景区管理员见月牙湖内整日战火纷飞，经过耐心观察，于是对症下药，又想法弄来了一只雌黑天鹅。

战火果然停息了。

原来的雄黑天鹅又与原来的雌黑天鹅过上了安静的日子，后来的雄黑天鹅与后来的雌黑天鹅也结伴度起了蜜月。

那两只化干戈为玉帛的雄黑天鹅，每日相见还都嘎嘎地打个招呼、问个好，好像从没发生过争斗似的。

这下，那些白天鹅又议论起来。

一只白天鹅说："那两个争风吃醋的黑货怎么不打了呀？"

一只白天鹅说："听说又来了一只母黑天鹅，现在两公两母，各得其所，和平共处了！"

……

月牙湖恢复了平静。但白天鹅们还是鄙视那两对黑天鹅，还是不许它们越雷池半步，否则就群起而攻之。那两对黑天鹅只得老老实实地待在月牙湖角那处浅水湾里。

只有壮大队伍才能不受欺负。黑天鹅两家商议好对策，就各在各窝，努力地下起蛋来。

没多久，月牙湖里就出现了几只小小的黑天鹅……

一群黑天鹅

月牙湖里的小黑天鹅们长大了，都长成了身强力壮、能啄善斗的大黑天鹅。

这天，一只不懂事的小黑天鹅无意间闯进了白天鹅所谓的领地，被一只白天鹅啄伤了逃了回来。这件事成了战争的导火索。黑天鹅们暴怒了，最早的那只雄黑天鹅嘎嘎地对大家说："多年来，我们黑天鹅一直受白天鹅的欺负，这仇恨比这月牙湖水还深！现在我们黑天鹅家族也发展壮大啦，也有十多只啦。虽然与白天鹅家族的队伍比起来，我们的数量还相差不少，但它们天天养尊处优，游手好闲，精神涣散，缺乏战斗力。现在我们团结起来，一致对外，向白天鹅开战！大家有没有这个胆量？"

"嘎嘎嘎，有有有！"黑天鹅们一起挥翅高呼。

白天鹅们还在湖面中央得意地嬉戏着，就见那些黑天鹅都展翅飞起来了，它们脚蹼拨打着湖面，勇猛地向白天鹅们扑来。

一场好斗，黑天鹅们化多年的积怨为战斗的力量，以一当十，喙啄翅打，把白天鹅们打得四散飞逃。黑天鹅们昂起脖子嘎嘎嘎地唱起胜利的歌谣，它们占据了月牙湖中央，再不回那处水草稀少、砂砾遍地的浅水湾了。

看着那群躲在湖边喘息的白天鹅，一只黑天鹅冲白天鹅们喊道："你们过去倚仗数量多，经常欺负我们、打击我们，现在就让你们知道软弱并不是永远可欺的！"

一只黑天鹅也喊道："你们过去自以为很高贵，很了不起，经常鄙视我们、排斥我们，今天就向你们证明高贵并不是与生俱来的！"

……

白天鹅们没有谁敢出面应答。

这时，那只曾备受白天鹅欺负的黑天鹅也嘎嘎地喊道："高贵是一种宽容的胸怀，是一种无私的大度！虽然我们强大了，打败了你们，但我们不会像你们那样不能容忍别人！如果你们白天鹅愿意放下'高贵'的架子与我们黑天鹅平等相处，这月牙湖不光是我们的，也是你们的，更是天鹅家族子子孙孙的！"

那些白天鹅听了，都羞愧得无地自容。它们边向黑天鹅们游来，边嘎嘎鸣叫着表达无限的歉意。

月牙湖真正恢复了宁静。

风儿拂过，水波潋滟。月牙湖面上，白天鹅和黑天鹅们融洽地在一起玩耍，它们时而欢快地鸣叫着追嬉，时而排着黑白相间的队伍自由自在地游弋，它们是多么快乐呀！因为月牙湖现在已成了它们共同生活的和谐家园……

白鹤与灰鹤

一天，两只湖蚌从月牙湖里爬到岸边，暖暖的阳光晒得它们很惬意，它们不约而同地打开蚌壳，欣赏着这美好的世界。突然，一只白鹤和一只灰鹤连飞带跳地跑到近前，俘虏了两只湖蚌。于是，这才有了下面的故事——

一、聪明的白鹤

一只湖蚌落入了白鹤的爪中，白鹤听奶奶讲过《鹬蚌相争》的传说，心想："我可不能让悲剧在我身上重演，不能让它夹住我的嘴巴，还是把它弄到岸上，吃个烧烤吧！"

烈日炎炎，岸边的石板路被太阳晒得烫手，白鹤把湖蚌丢在石板上，不一会儿，湖蚌就受不了啦，它痛苦地说道："白鹤大婶，你还是把我放回湖里吧！我就是插翅也逃不出你的爪心的——蚌肉还是在湖水里吃着鲜美啊！"

见白鹤不搭理，湖蚌又道："白鹤大婶，这么炽热的太阳一会儿就把我晒得臭烘烘的，苍蝇飞来飞去，弄上好多细菌，吃了变质的蚌肉你会闹肚子的！"

"你不要再巧言令色了，我不会上你的当的。我知道一到湖里，你的蚌壳紧紧闭上，谁也拿你没办法。要是一不小心被你夹住嘴巴，恐怕连我也会遭殃的！"白鹤说罢，再也不顾湖蚌的哀求，悠闲地在湖边踱着步子，等着吃那烤蚌肉哩。

不一会儿，湖蚌在烈日蒸烤和石板灼烫下再没了声音，白鹤走过去，啄开了蚌壳，美美地享受起来。

二、自作聪明的灰鹤

再说那只灰鹤抓住湖蚌后，心想："白鹤把湖蚌弄到石板上吃烧烤，我才不跟它学哩！我要来个标新立异的吃法——找个吸管插进蚌壳里，像游客吸果汁一样把蚌肉汁吸到嘴里。啧啧，这个吃法不错，一定别有风味。"

月牙湖畔有好多垃圾箱，那里有好多游客丢弃的饮料瓶和吸管。想到这里，灰鹤不慌不忙地把湖蚌拖到沙滩上，用长长的嘴巴围着湖蚌画了一个圈，算是"画地为牢"，圈住了湖蚌。

等灰鹤叼个吸管再跑到那处沙滩，谁知它画的"圈"儿不见了，湖蚌已不见了。

灰鹤一声长唳，招来了白鹤，对它说："就这一会儿工夫，我的湖蚌就不见了，难道它展开蚌壳飞走了不成？"

白鹤打了一个饱嗝，仔细看了一下灰鹤画的隐隐约约的圈印儿，说道："妹妹，你这只湖蚌一定又逃回湖里去了。刚才吹了一阵大风，湖里起了波浪，一定是波浪涌到沙滩上，湖蚌借着涌上来的湖水又爬回月牙湖里去了。"

灰鹤"噗"的一下扔掉吸管，气得扑打着翅膀，说道："姐姐，我真应该像你那样把湖蚌扔到石板上吃烧烤啊！可我却想来个新奇的吃法，结果到嘴的美餐又丢失了！"

三、喜鹊的评价

一只喜鹊飞来了，听了它们的叙述，作了一个中肯的点评：

白鹤吃上蚌肉，靠的是真正的智慧；

灰鹤丢掉美餐，怪就怪它自作聪明。

由此可见，凡事都要开动脑筋，结合实际情况，采取适当的方法，才能把事情做好。那些自作聪明的主张，标新立异的做法，常常会适得其反、劳而无功。

水族大会

一、踊跃报到的鱼儿们

月牙湖里的鱼儿们准备召开第一届鱼类代表大会。

湖里顿时沸腾起来，各类鱼儿都纷纷前来报到，闹哄哄地把报到处挤得里三层外三层。老鳖既是组织者，又是筛选者，它支起桌案，说道："大家安静，按次序排好队，一个一个的来报名！"

"我是锦鲤，锦上添花的'锦'、锦衣玉食的'锦'！"锦鲤挤到前面第一个举鳍说道。老鳖扶了扶老花镜看了一眼锦鲤，一身金灿灿的锦装，一副气度不凡的样子，赶紧在报到簿上写下了鲤鱼的大名。

"我是鳜鱼，谐音'贵'字，意思是富贵之鱼、珍贵之鱼，唐代诗人张志和还为我赋过诗哩，说'桃花流水鳜鱼肥'。"鳜鱼扬扬得意地说道。老鳖又扶了一下老花镜，点点头，在报到簿上写下了鳜鱼的大名。

"我是鲫鱼，'鲫'者'吉'也，我是吉祥如意的鱼、是大吉大利的鱼呵！"鲫鱼神气地说道。老鳖看了一眼自称大吉大利的鲫鱼，也大笔一挥，登记在册。

"我是鲢鱼，'鲢'即'廉'也，我是清正廉洁之鱼！"鲢鱼扯着官腔说道。老鳖抬眼看了看一身银白的鲢鱼，也提笔在报告簿上写下了鲢鱼的名字。

……

很快，那厚厚的报到簿上就写下了各种各样鱼儿的名字。

这时，一条草鱼游了过来，说道："我是草鱼，草……"

还没等草鱼把话说完，锦鲤过来说道："我知道它的底细，它又叫草根鱼、草苞鱼，还有个外号，叫'混子'！"

大家听了，都嘲笑起草鱼来。

老鳖扶了扶眼镜，严肃地说道："我们这次大会来的都是显贵、名流，怎么能让你这种'草根'和'草包'混进来呢？这里没你什么事，你走吧！"

这时泥鳅也游了过来，说道："我是泥鳅，有'水中人参'之称……"

还没等泥鳅把话说完，鳜鱼说道："什么？你是'水中人参'，那我们是什么？你油头滑脑的，说话太狂妄了！"

"是啊！"老鳖慢条斯理地说，"你这泥鳅，虽然翻不了多大的浪花，但生性好搅和事，把水搅浑了，你们好蹿上跳下，闹腾得大家不得安生，不能让你报到参加，你走吧！"

草鱼见泥鳅也被轰了出来，一问，与自己被拒之门外的情形相似，不由得说道："它们哪里是鱼类代表大会啊，分明就是按出身按名头的圈子大会，我们不参加也罢！"

二、泥鳅的质问

见草鱼唉声叹气地游走了，泥鳅气愤不过，又扭身挤进大会报到处，问老鳖道："请问报到官，你是怎样判定哪些鱼可以参加，哪些鱼不能参加的呢？你这次鱼类代表大会的参会标准和依据是什么？"

"什么标准？什么依据？"老鳖竟一时还没考虑清楚，它瞪了一眼泥鳅，说道："要说标准和依据嘛，身份就是标准、名头就是依据！像鳜鱼，名贵之鱼！像武昌鱼，伟人都赋词赞美！你们没名头……"

"我们是没名头！"泥鳅打断了老鳖的话，问道，"请问你有什么名头呢？"

"鱼分三六九等、甲乙丙丁……我又称甲鱼，就是说，我们甲鱼是地位显赫的甲类鱼、头等鱼！"老鳖振振有词地说。

泥鳅笑道："你自己说得倒好听！你根本就不是鱼类，而且为什么人都叫你们'王八'，下的蛋叫'王八蛋'呢？对一些坏人物，人们为什么都骂他'王八蛋''王八羔子！'呢？这种称呼就是你们所谓的名头吗？"

大家听了哄堂大笑起来，老鳖气得眼珠子都红了，结结巴巴地骂道："你、你这混账王八蛋……"

泥鳅笑道："看看，连你自己也出口骂'混账王八蛋'哩！"

大家又都哈哈大笑起来！

老鳖可气坏了，抓起报到簿三下两下撕成了碎片，揉作一把掷在泥鳅头上，哆嗦着指着泥鳅说道："你这好搅浑水的死泥鳅，好好的鱼类代表大会被你搅黄了！"

三、水族大会圆满召开

老鳖精心策划的鱼类代表大会被泥鳅搅散了，还被泥鳅奚落了一顿，闹得整个月牙湖里的水族们都看它的笑话。它气得从此钻进湖底，把头尾和四肢缩进壳里，不好意思抛头露面。

这天，风和日丽，老鳖游上湖面，探头向外一看，见四下无人，就想爬上岸来晒晒背。还没爬到岸边，又遇见了那条泥鳅，泥鳅一摆尾游了过来，问道："老兄，最近还准备召开鱼类代表大会吗？只要你把我列入名贵鱼类名单，我就不会再给你瞎搅和，坚决支持你、拥护你，确保会议顺利召开！"

　　老鳖扶了一下老花镜，说道："你不瞎搅和，还会有其他鱼类跳出来搅和的。到时再弄得下不了台，不是又自找难堪吗？所以，多一事不如少一事，我不准备再出头召开这个鱼类大会了！"

　　泥鳅道："我有个办法，不但能让会议顺顺利利召开，还能召开得热热闹闹！"

　　"什么办法？"老鳖又来了兴趣，问道。

　　"制定会费标准，收参会费！我们要开门办会，而且把鱼类代表大会扩大成全体水族大会。只要缴费，谁来参加都不拒之门外。"泥鳅说道。

　　"果然高见！"老鳖听了泥鳅的话，又精神百倍起来。

　　月牙湖里又沸腾了，大家都揣着月牙湖贝币卡，前来刷卡缴费报名参加水族大会。报到台前，老鳖忙活得满头大汗，光报到簿就写了厚厚的几大摞；泥鳅负责刷卡，光刷卡机都刷爆了几十台。

　　会议当天，整个月牙湖热闹非凡，各类鱼鳖虾蟹欢聚一堂，大至月牙湖内的一百多斤重的鲤鱼王，小至月牙湖底玉米粒一样大的水螺……大家在会场都能找到自己的一席之位。整个会场气氛热烈，发言踊跃，掌声雷动。

　　会上，大家一致表示，老鳖组织的这次水族大会是一次空前的成功的大会，让整个月牙湖内各类水族有了一个相互交流、相互了解、增进友谊的机会。同时成立月牙湖水族协会，与会水族一致推选老鳖为首任会长，同时根据水族种类选出副会长五百名，还聘请了顾问及名誉会长一千名，大家在协会中各有任职、各有荣誉，真是皆大欢喜。当然，老鳖会长毫无疑问地提名泥鳅为秘书长。

　　第一次全体水族大会圆满闭幕。

　　会后，老鳖和泥鳅紧紧拥抱在一起，为会议开得热烈隆重和圆满成功而庆贺。

　　老鳖称赞道："老弟真是足智多谋，这次会议让我俩名利双收！会费除去各项开支，剩余二一添作五，我俩平分！"

泥鳅也欢喜地说："我俩就是黄金搭档，下一步我们开始筹备月牙湖水族协会第二届全体水族大会，当然，第二届会费标准要再提高点！"

老鳖道："会费提高多少由老弟你秘书长安排！放心吧，我再干几届，这会长的位子我就让给你！"

泥鳅听了，欢喜得摇头摆尾、上蹿下跳……

阿多寓事

一、好习惯

一个公司招聘销售经理，应聘者众多，经过筛选最后只剩下三个人：一个高学历美女，一个是具有丰富销售经验的帅哥，还有一个就是阿多。

三个人坐在会议室里等总经理传唤面试。美女一会儿拿出小镜子照照脸蛋补补妆，一会儿拿出手机搔首弄姿玩自拍；那个帅哥走到穿衣镜前抻抻领带，还跷起二郎腿摆出一副自负的架势目视着天花板。阿多是个坐不住的人，看见会议桌上丢几个谁喝过的一次性杯子，就随手拿起扔进了垃圾桶里；看见烟灰缸边丢两个烟头，随手捡起来放进烟灰缸里；看见会议桌上有一滩茶渍，他又随手抽两张纸巾把茶渍擦净……

过了一会儿，工作人员推门进来，说道："面试已结束，阿多留下，另外两位请自便！"

美女和帅哥见工作人员对他们俩下了逐客令，都很生气。

美女问："还没让我们见总经理呢，怎么就说结束了？"

帅哥也说："是呀，面试面试，不见面怎么能试出工作能力来？"

工作人员很有礼貌地说："工作能力往往不是靠嘴里说出来的，是靠做出来的。刚才总经理从会议室的监控里对三位的所作所为看得很清楚。我们一不要美女公关，二不要帅哥撑门面，要的就是阿多这样实在实干的人。"

看着美女和帅哥拍屁股走了人，阿多感到很意外，等弄明了原因，他不由得在心里笑道：自觉地去打扫室内卫生，这是老婆在家给他培养出来的习惯，没想到今天应聘时竟发挥了作用！

——好习惯常会给人带来好运气。

二、阿多提干

公司组织春游。路上，阿多见地上有一角硬币。好多同事都看见了，就是没人去拾。阿多走过来，弯腰捡起，装进口袋。

没多远，阿多又看到一枚硬币，见仍没人捡，阿多道："一角钱也是钱呵！"说着，他又拾起来，放唇边噗噗吹几下才放进了口袋。

"切，还吹吹，以为捡个银元哩！"几个同事挤眉弄眼，嘲笑着阿多。

一路上，阿多捡了五个硬币，共计五角。当然，阿多也承受了同事们五次的不屑。

考察回来，大家都原地不动。而公司却宣布，调阿多当财务总监。

原来，那次考察是董事长亲自带队。一路上，阿多捡那一角硬币的举动都让董事长看得一清二楚。

——点滴处见精神，细微处识人才。

三、把应该干的干好

阿多总是在不知不觉中升了职。阿多上面没有人，背地里又不给领导送礼，他只是脚踏实地地工作，把本职工作做得风生水起。

一天，同事阿强向他请教升职的秘诀。阿多说："我并没有什么秘诀，只是把自己应该干的工作干好！"

阿强见问不出个所以然，就撇撇嘴走了。

后来，阿强又找到董事长，问："我和阿多同时来公司上班，为什么阿多的职位总是直线上升，而我却纹丝不动？"

董事长笑着说："阿多关心的从来都是公司的问题，而你关心的总是个人的问题。"

见阿强一脸懵懂，董事长又说道："你应该像阿多一样多关心一下公司的发展，把自己应该干的工作干好。把精力都用在工作上的人，从来没时间去计较个人的问题，因为个人的问题是由公司来关心的。"

四、推销

公司新推出一批保健产品，大家都当起了推销员。一个季度后，公司统计业绩，发现阿强销售的最少，阿多销售的最多。

总经理便召开业务总结会，让阿强分析一下他销售少的原因，让阿多分享一下他销售多的经验。

阿强说："我总是向客户反复强调我们新产品的优点，为了引起大家的重视和好感，我甚至夸大了产品的功效，吹嘘我们的产品不但可以提高人体免疫力，还能滋阴壮阳、延年益寿。"

总经理听了，没说话，让阿多接着说。

阿多说："我总是给客户指出我们新产品的不足，强调我们新产品适合哪些人群，不适合哪些人群，并进一步告诉他们一些注意事项，让大家真正了解和认知我们的新产品，所以都愿意购买。"

听了阿强和阿多的表述，总经理最后点评道：

"任意的吹嘘，甚至不着边际地夸大产品功效，只会让人感觉你是卖狗皮膏药的江湖杂耍，所以阿强枉费口舌，却劳而无功；敢于揭示自身的不足，并实实在在为客户着想，拉近了与客户心的距离，让客户产生了信任感和好感，自觉自愿消费我们的产品，所以阿多才取得销售的成功，夺了我们公司本季度的销售冠军。"

五、差距

阿多和阿强从小一起长大，后来两人又一起到深圳在同一家公司打工。几年后，阿多从一般员工升到公司一个部门的高层，有了自己的专车。此外，阿多还在黄金地段按揭了一套房子，因为地势好，已升值了很多倍。而阿强依然是一名普通的员工，工资打到卡上，马上吃喝一空，成了大家眼中的"月光族"。

渐渐地，阿多发现阿强对他的态度有了很大的改变，要么见面不理睬，要么说话就冷嘲热讽。

一天，公司举行联欢。阿多和阿强坐在了一起，酒过三巡，阿多起身主动和阿强碰杯，可阿强故意装作看不见，把脸扭到一边跟其他同事搭话，搞得阿多很尴尬。

一位同事看不下去了，就说："阿强，多总给你敬酒，你咋这么没礼貌？你俩可是老乡呀！"

阿强撇嘴道："老乡和老乡不一样，差距大了。现在人家要车有车、要房有房、要地位有地位。而我却在这里无立锥之地，我哪能跟多总比呀！"

又一个同事听不下去了，说道："你和多总一起进公司，多总一直兢兢业业、踏踏实实地工作，为公司攻克了不少难题，创造了巨大的效益，公司提拔他奖励他是应该的！而你工作吊儿郎当、业绩平平，生活上也不节俭，常常是寅吃卯粮——月月不是净光就是借账；要不是有宿舍，连房租你也付不起，更别说买房了！"

"是呀，你俩现在是有了一定的差距。"一位年龄稍长的同事道，"产生这种差距的原因要从你自身上找啊，而不能怨天尤人、嫉贤妒能。"

阿强听了，不由得低下头来。

六、失盗

阿强见阿多处处比自己优秀，心里非常嫉恨。

"阿多一定是烧了高香了，佛菩萨保佑他，所以他才事事顺利，步步高升。"想到这儿，阿强便到附近的一座古寺里去烧香。大雄宝殿前，阿强燃着一支又粗又长的高香，插在香炉里，口中念叨了好一阵子；接着他又点燃一支高香，与前一支高香并排插在了一起，嘴里又念叨了好久，然后又进大殿里拜了几拜，这才回公司。

当天夜里，佛竟然"光临"了阿强的梦境。佛说："阿强，你的第一支香，求我保佑你苦尽甘来，能在公司里出人头地，也升职为部门经理。实话跟你说，你的这个祈求，我无法帮你实现，因为职位都是人干出来的，不是神灵赐予的！"

不等阿强说话，佛又说道："你的第二支香，求我惩罚一下阿多，让他出门被车撞，下楼摔断腿，这我更不能帮你。我要帮了你，我就不是佛，而是魔了！"

阿强醒了，拭了一把额头上的汗，他想：哼，看来求佛还不如自己下手对付阿多。

不久，公司的账务室被盗，数万现金不翼而飞。阿多是账务总监，而警察在现场发现一只阿多的皮鞋……

一时间，公司里议论纷纷。

"阿多是财务总监，这是监守自盗！"

"公司对阿多不薄，他怎么会做出这样的事呢？"

"真是知人知面不知心……"

可最终被警察带走的却是阿强，那只皮鞋是阿强从阿多阳台偷来扔在财务室的。审讯结果，原来是阿强栽赃陷害阿多。

——心中燃烧着妒火的人，常常不知反省、不计后果，最终被焚掉的往往是自己。

七、董事长衬衫上的窟窿

公司召开各部门负责人会议，安排好所有工作后，董事长笑着说："诸位，最后我出个题目考考大家：请大家看看我今天跟往常有什么不同？给大家一分钟的时间，把看到的编个短信发给我，我马上公布结果。"

大家先是你看看我我看看你，接着又上上下下看了看董事长，这才埋头在手机上给董事长发短信。

董事长的手机接二连三地响起短信提示，见大家都发来了。董事长开始念：

"董事长今天容光焕发、精神百倍，跟往常一样！这是赵经理的短信。"

"董事长今天讲话声音洪亮、底气十足，跟往常一样！这是钱经理的短信。"

"董事长今天讲话思路清晰、有条有理，跟往常没什么区别！这是孙经理的短信。"

……

"董事长今天穿的衬衫左胸前有一个窟窿。这是阿多经理的短信。"

大家都笑了起来，纷纷把目光投向阿多。等大家都静下来，董事长问："诸位，今天是不是都看到了我这衬衫上的窟窿？现在要说实话。"

"是的，都看见了！"大家一起回答。

"这衬衫上的窟窿就是我今天与往常不同的地方，为什么大家明明都看到了，却只有阿多一个人指出来呢？"

大家面面相觑，都不知怎么说才好。这时，董事长一脸严肃地说道：

"事情往往是这样，大家明明发现了一个人身上的缺点或错误，却因某种心理而不愿指出，以致这个人的缺点或错误越来越严重。大到我们公司，在发展中也常常会出现这样或那样的缺点和错误，如果大家都视而不见或装聋作哑，任由缺点和错误发展下去，结果可想而知……"

董事长一席话，把大家说得都低下头来。

——发现缺点和错误，敢于指出不仅仅是一种勇气，更是一种责任和担当。

第四辑　寓言诗

鱼虾篇

大鱼

不可一世地张大嘴巴，
随时惩治不听活的小鱼小虾。

鱼

因贪图眼前的一点利益，
落个被煎熬的可悲下场。

螃蟹

横行却不霸道。
不受到侵扰，
就不知举起两只强大的巨螯。

乌龟

自以为背着坚不可摧的堡垒，

其实是它让你变得缩头缩尾。

虾

面对侵袭，不是向前出击；
弹起身来，竟是朝后逃避。

金鱼

胸无江湖的志向，
满足平静的水缸。

草虫篇

蚊子

被它咬的人，
都不是清醒者。

蝉

尽力挣脱自身的禁锢，
纵情歌唱自由的音符。

蟋蟀

你咬断它的大腿，它撕开你的上颚；
对于别人的挑拨，从不认真地思索。

蜗牛

一
摆脱不了重壳的束缚，

生命就无法轻装提速。

二

不计一生路有多长，

只求留下一段辉煌。

蜈蚣

本以为手脚多了，

就能叱咤飞腾；

没料想多了手脚，

反而束缚了前行。

禽鸟篇

鹰

从不在地面蹦蹦跳跳，
只会展翅在万里云霄。

麻雀

也时常有像雄鹰一样翱翔的志愿，
只是难舍地面那几粒喷香的米粒。

猫头鹰

当别的鸟儿都归巢夜宿，
你却放弃休息抓捕田鼠。
为什么人还会把你讨厌？
因没目睹你默默的付出。

鸵鸟

白白拥有那一双翅膀，
不能在蓝天展翅翱翔；
你没有自卑也从不沮丧，
昂首健步实现飞翔的理想。

鹦鹉

银闪闪的栖身之所，
金灿灿的口中之食，
这些都是人的恩赐。
所以，人让说的话，
从来都是照本宣科，
不会更改一个字词。

家鹅

头上的额冠像戴乌纱，
大摇大摆震慑住鸡鸭；
嘎嘎嘎嘎嗓门儿洪亮，
喧哗半天是满纸空话。

母鸡

房前溜溜达达,
屋后随地小憩;
小小院落,
是施展翅膀的天地。
草窝里做出一点成绩,
就到处炫耀,
却不提贪吃多少玉米。

草木篇

蒲公英

不扎根大地的怀抱，
一生只能随风飘摇。

松树

根，越弯弯曲曲往深里扎；
干，越笔笔挺挺朝高处耸。

丝藤

支柱一旦伐倒，
就会瘫软在地。

水仙

从不向人苛求什么，
一盆清水就是扎根的土壤；

从不在乎外界怎样，
总是在寒风里吐露芬芳……

向日葵

从春到夏，
始终骄傲地昂首。
秋日，你成熟了，
这才低下谦逊的头。

弯腰树

它在躬腰倾诉：
现在没成栋梁之材，
只因幼苗时，
没经受过斧正之苦。

棉桃

心里藏裹着纯洁的爱，
不到成熟，
绝不袒露胸怀……

气象篇

狂风

只有盲从的沙尘，
才随你四处招摇；
立场坚定的磐石，
绝不理你那一套。

云

自己没有主见，
随风四处游转。

彩虹

在天空大写一笔，
万人仰视的斑斓；
哪怕仅仅是瞬间，
生命也无悔无怨。

雪花

明知飘落会被阳光融化，
你依然奋不顾身，
给大地送来春的消息……

五指篇

大拇指

总改不掉自身浮躁的脾气，
取得一点点成绩，
就骄傲地在人们面前竖起。

食指

从不把道理排在面前，
总是在背后指指点点。

中指

挺直身干，
你最巍峨；
可贵的是，
从不自高自大。

无名指

默默地奉献着力量，
不计名利更不声张。

小指

纵使把职位，
给你安排在最末；
默默无语，
履行好自身的职责。

手掌

松散地伸开，
长短不一；
抱团攒起，
才能有力出击。

咏物篇

大海

风暴来临，
小船总是落帆躲进港湾；
巨轮却敢无畏地
搏击在风口浪尖……

轮船

不是掉头难，
不是不能左旋右转，
是不轻易改变
既定的目标和航线。

不倒翁

荣与辱从不计较，
得与失付诸一笑。

蜡烛

挺直了胸脯,
才不会流泪。

筷子

能同甘也能共苦,
这才是一对好兄弟。

哈哈镜

在我眼里,
世上没有十全十美的。

暖水瓶

别看外表冷淡,
其实,它有一副热心肠。

注射器

莫怪它嘴角尖利,
身体康复,
全得益它深深的一吻。

糖衣药丸

让人称道的，
并非甜蜜的表面；
值得赞扬的，
是它苦涩的内含。

陀螺

抽打得越狠，
旋转得越振奋；
失去了鞭策，
生命就会沉沦。

铁钉

一
你安排它在哪里，
它就在哪里坚守职位。
二
不经历沉重的打击，
怎获得进取的动力。

观马戏偶感

黑熊当官

马戏场上人群欢腾，
观众是里三层外三层。
黑熊穿着蟒袍戴着乌纱帽，
一摇一摆八字步十分周正；
还有两只小猴前面开路，
金锣咣咣敲得震耳欲聋。

黑熊绕场刚走了一圈，
拿起托盘就探向观众：
"掏钱掏钱，快快掏钱！
稍有待慢，爪不留情！"

观众纷纷各掏腰包，
铜钱叮叮当当投到盘中；
黑熊笑哈哈挺直腰杆，
官步儿迈得更加威风！

白马驮黑熊

黑熊跃上白马背脊，
俨然将军傲慢得意；
白马兜着圈儿奔跑，
铃声恰似声声叹息。

场地窄小难以放步，
千里之志无从试蹄；
可恶黑熊心肠阴险，
暗下黑爪撕扯马脊。

白马再也无法可忍，
冲天长嘶立起前蹄；
观众掌声如雷震耳，
再看黑熊滚落在地！

猴子爬杆

猴子上场也不一般，
筋斗一个接一个翻；
观众巴掌拍得越响，
猴子乐得越翻越欢。

三下两下蹿上高杆，
龇牙咧嘴做着鬼脸；

一不小心掉了下来，
扑通一声摔得可怜。

猴子艰难睁开两眼，
看到观众鼓掌开颜；
猴子这才豁然明白：
观众只图开怀一笑，
他人痛苦与己无关！

老虎钻火圈

不见往日那般凶猛，
失去兽王山中威风；
钻过火圈仅凭一跃，
观众喝彩无动于衷。

安心叼起一块牛肉，
美美嚼着眯着眼睛；
有了牛肉这份好处，
情愿缩进仄小铁笼！

百灵鸟的宣告

乌鸦总是埋怨人的耳朵很糟很糟，
听不出它哇哇的歌声里的美妙；
乌鸦总是责怪人的眼睛很糟很糟，
看不出它黑色的服装，
是人世间最美的旗袍。

百灵鸟用它婉转的歌喉，
公平地向整个世界宣告——
乌鸦如不正视自己的缺点，
不论到何时都会被人嘲笑！

小鸭自夸

一只小鸭嘎嘎嘎嘎，
张大嘴巴自吹自夸：
"河里游泳本领最大，
钻上钻下擅捉小虾！"

一只鱼鹰潜入水底，
好长时间不吐水花，
小鸭不由拍翅讥笑：
"它捉到鱼儿，
定在水底偷偷吃下！"
这时鱼鹰露出水面，
叼一条大鱼送给渔家；
渔家脸上乐开了花，
称赞鱼鹰是捕鱼行家。

小鸭羞愧得闭上嘴巴，
再不敢人前人后自夸；
小虾怎能跟大鱼相比，
可鱼鹰从不炫耀喧哗！

玉兰花与蒲公英

玉兰花高高在上怒放，
蒲公英依偎地面生长；
玉兰花瓣儿像个小船，
蒲公英花像纽扣一样。

玉兰花高傲地俯视：
"我满树的花儿飘香，
蝴蝶蜜蜂都围着我繁忙；
我随便一个花瓣儿，
就把你严严实实盖上！"

蒲公英不亢不卑回答：
"我不崇拜你身材高大，
更不羡慕你满树芬芳；
只要能为大地妈妈，
献上一点点色彩，
纵然位低身微也不负春光！"

秒针·分针·时针

有一天，分针和秒针发生争吵：
分针说一小时等于六十分，
秒针说一小时等于三千六百秒；
它俩各坚持各的理儿，
争得面红耳赤，吵得口干舌燥。

时针弄清事情的缘由，
含着微笑把它俩劝道：
"一小时等于六十分，
也等于三千六百秒；
弄清我们三者的关系，
就不会固执己见，自诩自傲。"
分针和秒针听了，
都感到有点儿害臊，
从此，它俩礼貌相待，
相遇时还点头问好……

兔子的苦衷

兔妈妈在山坡和灌木丛，
挖了一个又一个洞。
每个洞都曲曲弯弯，
而且洞洞连通。
小兔子感到非常奇怪，
问妈妈那些洞，
为什么总像迷宫？

兔妈妈慈爱地
舔舐着小兔子的额头：
"人家说'狡兔三窟'
其实不知兔子的苦衷。
面对凶恶的狼和狐狸，
只有把出口和退路多备几条，
危险来临时才不会惊慌被动！

猫头鹰的苦恼

在漆黑的夜间，

你睁着警觉的眼；

鬼鬼祟祟的田鼠一出现，

你就把它抓住撕成碎片。

你如此忠于职守甘于奉献，

人们依然将你讨厌！

为什么，为什么啊？

你向群鸟发出苦恼的慨叹。

布谷鸟一语破石惊天：

"受宠的鸟儿，

都有一副阿谀的嗓子；

你凄厉的啼叫，

鼠辈听见魂飞胆丧，

人却感到逆耳心烦！"

猫头鹰弄清事情真相，

坦然把苦恼抛在一边，

依旧无怨无悔

捕捉田鼠，守护农田……

麻雀和雄鹰

雄鹰展翅腾入云霄，
麻雀喜欢在地面蹦跳。
人们常赞叹雄鹰志向远大，
大伙总指责麻雀目光短小。

面对非议，
麻雀从不斤斤计较，
依然埋头拾捡掉落的谷粒，
仍旧默默忙着将害虫寻找。

它们相信——飞翔的高度，
不是衡量生命价值的标准，
又怎能作划分尊卑的参照！

麻雀自夸

麻雀冲大雁叽叽喳喳，
夸耀自己能飞到天涯；
大雁微笑着把它邀请：
"秋天已到，我正想搬家；
让我们一同向南方出发。"
麻雀跟随大雁没飞多远，
就累得口干肚叫、眼珠昏花。
它趁大雁一不留神，
扑棱棱溜回了老家。

没过几天，麻雀老病复发，
又冲海鸥叽叽喳喳，
吹嘘自己敢到海上翱翔，
能叼起鲸鱼一口吞下。
海鸥笑得直拍翅膀：
"既然你如此神通广大，
让我们一起到海上玩耍！"
麻雀跟着海鸥飞到大海，
怒吼的海浪，

把麻雀吓得几乎一头坠下，

它慌慌张张飞上海岸，

无地自容把头低下。

海鸥给麻雀梳理着羽毛，

慈祥得就像一位妈妈：

"记住吧，本领不是吹出来的，

胸怀谦虚才不会闹出笑话……"

珍珠出贝

蚌壳把珍珠紧紧拥抱胸怀，
珍珠奋力挣扎着试图出来；
蚌壳说外面风浪很大很大，
一不小心就会让泥沙掩埋；
珍珠兴奋地晃动脑袋：
"大风大浪又有什么，
正好欣赏大海的澎湃！"

这时一张渔网撒来，
蚌壳被丢进鱼篓带回渔寨；
一双小手轻轻把蚌壳打开，
珍珠出来了，
在那小手里闪着光彩。

"啊！"珍珠不由得大声慨叹，
"走出蚌壳才知道——
什么是光明和黑暗，
什么是博大与狭隘！"

美的问题

孔雀和黄牛聚在山坳，
围绕美的问题展开争吵。

孔雀开屏抢先发言：
"我绚丽多姿的羽毛
吸引百千游客鼓掌叫好！
由此我认为：
美应该是外表——
漂亮、华贵和多姿多娇！"

黄牛听了直摇尾巴：
"我一生默默耕耘，
付出很多索取很少；
所以我认为：
美应是内在——
朴实、善良和勤劳！"

孔雀与黄牛正争得不可开交，
一声大吼地动山摇；

饿虎将孔雀和黄牛一爪击倒：

"尔等休再盲目争吵，

告诉你们吧，

美不是内在、也不是外表！

对我来说，

最美的就是你们的味道！"

审判寓言家

寓言家用生花妙笔，
戳穿狐狸狡猾的本性，
狐狸因此恼恨在胸，
一纸诉状，
把寓言家送上动物法庭。

狼法官早对寓言家恨入骨髓，
只因寓言家
把它也刻画得凶残狰狞；
正好趁机将他收拾一番，
改掉他信笔杜撰的毛病。
想到此，狼一拍桌案：
"大量寓言足以证明，
你肆意捏造故事，
损坏狐狸高尚的声名；
根据动物法一千零一条，
应给你割舌断指的严惩！"

见寓言家毫无惧色，

狼法官又面露笑容：
"只要先生再写篇寓言，
把狐狸写得忠厚善良，
把我写得公正廉明，
这样我就减免你的酷刑！"

"不可能！绝对不可能！"
寓言家义正词严挺直腰胸，
"你们可将我撕成碎片，
休想让我为你们洗面美容！
因为真理的笔杆，
怎能受邪恶操纵！"

麻雀立志

麻雀立志飞遍海角天涯，
可没飞多远就纷纷落下。
一座大山高耸入云，
挡住去路难以出发。
麻雀不住地责天怨地，
灰心丧气地叽叽喳喳。

白云轻抚着大山的额头，
向着麻雀开口说话：
"不能克服前进中的险阻，
再美好的理想也是白搭！"

"狠心"的燕妈妈

燕妈妈精心把巢
筑在高高的梁上；
还不辞劳苦地衔食，
把叽叽的小燕喂养。
小燕们终于长大了，
探出毛茸茸的脑袋，
好奇地把世界打量。

燕妈妈噙着热泪，
将小燕一只只赶下房梁；
小燕们跌跌撞撞飞出家门，
来到蓝天里自由自在飞翔。
它们这才明白妈妈的用意：
贪恋在温暖的巢内，
就永远展不开奋飞的翅膀！

电冰箱里的交谈

电冰箱里挤挤挨挨，
黄瓜番茄背靠背，
鸡鱼肉蛋肩擦肩……
它们经过一番冷冻，
依然保持质嫩味鲜！

面对箱内的霜酷冰冷，
番茄禁不住口出怨言：
"这里面寒似隆冬三九，
眼看我就被冻成冰蛋蛋！"
冻僵的鲤鱼张开嘴巴：
"番茄老弟不要埋怨，
要不是躺在冰箱妈妈怀里，
也许我们早已变质腐烂！"

番茄听了幡然醒悟，
脸蛋红红的满是羞惭：
"我明白鲤鱼大哥话中的道理：
人不经一番苦寒的磨炼，
肩头哪能挑起千斤重担！"

黑猫上任

金钱豹是虎王的表弟，
理所当然封为财政部长；
狐狸是虎王的把兄，
名正言顺当上军机大臣。

黑猫也想捞个一官半职，
遗憾的就是朝中无人；
这天它带上丰厚的礼品，
虔诚地叩开虎王的洞门。

"尊敬的大王，你看
我长得跟您多么相像，
百兽都说我是您的儿孙！"
虎王闻言哈哈大笑，
高兴得把黑猫亲了又亲；
忙给黑猫加官进爵，
让它管理家畜家禽。

黑猫得意地走马上任，

举一根虎毛威风万分：
强迫公鸡进窝生蛋，
鞭抽黄狗下地耕耘，
命令鸭鹅夜间捉鼠，
指使牛马护院看门……

和谐的生活乱了套路，
大伙被折腾得丧魄丢魂。
家畜家禽无奈地慨叹：
"可恨的虎王啊，
错就错在任人唯亲！"

戴"眼镜"的小猪

大伙远远望见小猪，
一走一晃东倒西歪；
等大伙跑到近前，
不禁眼泪笑了出来。
小猪鼻梁上，
架着两个酒瓶底儿。
见大伙冲它发笑，
小猪气得耳朵直摆：
"你们真是少见多怪，
有学问的人，
谁不把眼镜佩戴？
据说镜片儿越厚学问越深；
我这厚厚的眼镜片儿，
表明我的学问深似大海！"

小狗汪汪笑得打滚：
"学问不是装的，
而应实实在在；
你越是鼻上戴副'眼镜'，

说明你越无知得可爱！"

"你、你敢笑我小猪，
现在让你瞧瞧我的厉害！"
小猪猛地向小狗撞去，
谁知眼花腿乱，
竟一头扑进小河的胸怀。
甩去那虚荣的"眼镜"，
小猪才呛哧呛哧爬上岸来。
揉着快被河水撑破的肚皮，
小猎从此再不冒充学者，
恢复了原来可掬的憨态……

两只蚂蚁

带翅膀的蚂蚁叫小甲，
没翅膀的蚂蚁叫小乙；
它俩虽是好朋友，
可在生活上有分歧。

小甲整天飞东又飞西，
碌碌无为从不把食物寻觅；
小乙整日忙里又忙外，
拖回青虫又搬来谷米。

小乙劝小甲好好劳动，
小甲抖抖翅膀理也不理；
转眼又到年终劳模评比，
小甲这时表现特别积极：
恭恭敬敬给蚁王添茶，
点头哈腰帮蚁王披衣。

公正的蚁王心中有数，
奖章授给勤劳的小乙。

回头对小甲谆谆教导：

"荣誉只能用汗水换来，

来不得半点取巧投机！"

铁钉的心愿

一根铁钉，
生活在潮湿的空间；
天长日久，
外表变得锈迹斑斑。
你听铁钉正在呻吟：
"救救我吧，
我想把最后的力量贡献！"

镊子被深深感染了，
它夹起铁钉，
把它放入透明的盐酸。
摇一摇，看一看，
铁钉又露出光洁的笑颜。

锤子叮叮当当唱着歌儿，
帮助铁钉，
实现了它的心愿……

小道消息

传言并非空穴来风，
十有八九都很可靠；
如你不信脑袋直摇，
看看下面的故事即可知道。

喜鹊在枝头蹦蹦跳跳，
看见白兔就喳喳直叫：
"狐狸马上要当森林总管，
很快就要上任报到！"

白兔撇撇三瓣嘴儿：
"你不要捕风捉影胡说八道！
'狐假虎威'那事让虎王羞恼，
难道它还会重用狐狸，
一点儿也不斤斤计较？"

喜鹊见白兔坚决不信，
又一字一句认真说道：
"消息可是大灰狼说的，
它是虎王的亲信，

还会散发虚假情报？"

于是大伙都在私下议论，
对虎王提拔狐狸的真假
展开了商讨——
小猴挠挠头：
"我看这事很有可能！"
小鸭嘎嘎叫：
"我看这事还不一定！"
老山羊捋着胡子道：
"这年头的事儿说不准，
真真假假总是出人意料！"

正当大家争得口干舌燥，
一份官方文件下来了。
喜鹊叼起飞上枝梢，
用翅膀捧着喳喳念道：
"各位森林王国成员，
今任命狐狸为森林总管，
重大事项皆由狐狸施令发号；
每天文禽武兽，
都要到狐狸府上签到点卯！"

大伙在下面嘀嘀咕咕叹道：
流传多日的小道消息，
果然成了眼前的事实，
一点儿也不是谁凭空捏造！

跋——悦读《花言鹊语》

文／桂剑雄

读罢王宏理的寓言处女集《花言鹊语》，我的感想可用"开卷有益""言近旨远"两个成语来形容。

寓言是一种给人以启示的文学体裁，它的基本特点是言简意赅。在《花言鹊语》中，寓言的这种基本特点，得到了很好的体现。

这本寓言集共分为四辑：第一辑是传统寓言；第二辑是寓言新编；第三辑是系列寓言；第四辑是寓言诗。四辑作品精彩纷呈，各具特色。

在第一辑的《渔人的眼光》，全篇虽然只有200余字，却由渔人之口将寓意清楚明白地表达出来："如果网眼太小，连小鱼都不放过，大鱼小鱼一网打尽，用不多久，我就什么也打不到了！"这短短30几个字，将渔人深谋远虑、为自己和子孙后代作长远打算的人生智慧表露无遗——它不仅具有普遍的历史意义，更具有深刻的现实意义。此外，本辑中像《最大的敌人》《喜鹊总结的真理》《小猪种瓜》等寓言，都极具可读性。这些作品，是作家观察思考、厚积薄发的结晶。

宏理写过许多诗歌，所以，他写的寓言诗，既具有诗的言说心志、抒发情感的一面，又具有寓言理性哲思的一面。在第四辑《向日葵》中，全诗虽然只有三行，却将向日葵由不成熟的标志"骄傲昂首"，走向成熟的标志"低下谦逊的头"，表现得淋漓尽致，让人在美的感受中思索和回味，获得有益的启迪。类似的寓言诗还有许多，像《水仙》《百灵鸟的宣告》《猫头鹰的苦恼》等。

系列寓言是宏理寓言作品的另一大特色。这种寓言结合了小说、童话和短剧的特点，不但具有故事性，而且极具哲理性，读起来非常过瘾。比如《鸟王选才》这篇作品，就辛辣讽刺了凤凰只凭个人印象胡乱用人，乃至只用投机钻营的庸才。再如《黄猫和白猫》这篇作品，就阐明了分工合作才能干好事情，否则只能将事情做得一团糟。

宏理做过教师、副刊编辑，现在是政府办公室工作人员。这样的历练，使他对于生活的感悟，较之一般人自然也就多一些。所以，他的寓言极具可读性，便再自然不过了。

正因为如此，王宏理佳作频频，创作丰收，也就不足为奇。据我所知，他创作的作品不仅被传统名刊《儿童文学》《故事大王》等刊发，还被寓言童话精品选集和发行量极大的文摘期刊，如《中外道德童话精品》《意林·少年版》等选用、转载。不久前，在《东方文艺》"首届全国百字小说"大赛中，他的作品《阿多升职》更是力克群雄，一举夺冠。

尤其值得一提的是，宏理不仅创作成绩可喜，还为弘扬寓言等文学作品尽心竭力，积极宣传和推广寓友的作品。他从 2019 年 3 月 8 日起上线了"寓言文学公众号"，编发了数千篇寓言、童话、小说、散文、诗歌等文学作品和寓坛信息，得到了各地寓言作者的关注；随后，他又凭一己之力，在 2019 年 8 月 8 日创刊了由中国寓言文学研究会孙建江会长挥笔题写刊名的《寓言文学》纸刊，为大家发表作品提供了一个园地，受到了中国寓言文学研究会同仁和广大文友的交口称赞。他对寓言等文学样式的奉献，令文友非常感激、感动。

期待今后看到作家更多的寓言佳作。

2020 年 4 月 13 日 于武汉